文
景

Horizon

社 科 新 知　文 艺 新 潮

文景古典 · 名译插图本

索福克勒斯悲剧集

俄狄浦斯
在科罗诺斯

罗念生——译

俄狄浦斯在科罗诺斯
让－巴蒂斯特・于格（Jean-Baptiste Hugues）作
石膏雕像，1882 年
现藏于格勒诺布尔博物馆（Museum of Grenoble）

俄狄浦斯和安提戈涅

夏尔·雅拉贝尔（Charles Jalabert）作

布面油画，1842 年

现藏于马赛美术馆

Ravenous 摄

被忒拜流放的俄狄浦斯和安提戈涅
路易·迪沃（Louis Duveau）作
布面油画，1843 年
现藏于巴黎国立高等美术学院

俄狄浦斯和安提戈涅

安东尼·布罗多夫斯基（Antoni Brodowski）作

布面油画，1828 年

现藏于华沙国家博物馆

俄狄浦斯和安提戈涅

佩尔·维肯贝里（Per Wickenberg）作

布面油画，1833 年

Konsul C. E. Arfwedson 的私人收藏

俄狄浦斯和安提戈涅

弗朗斯·迪耶特里克（Franz Dietrich）作

布面油画，19 世纪

现藏于克罗克艺术博物馆（Crocker Art Museum）

俄狄浦斯和安提戈涅

亚历山大·括库拉（Aleksander Kokular）作

布面油画，1825—1828 年

现藏于华沙国家博物馆

俄狄浦斯和安提戈涅

何塞·里韦列斯（José Ribelles）作

布面油画，18—19 世纪

现藏于圣费尔南多皇家美术学院

俄狄浦斯在科罗诺斯

福切耶纳－让·哈里亚特（Fulchran-Jean Harriet）作

布面油画，1798 年

现藏于克利夫兰艺术博物馆

俄狄浦斯诅咒其子波吕涅刻斯
亨利·富泽利（Henry Fuseli）作
布面油画，1786 年
现藏于美国国家美术馆

俄狄浦斯在科罗诺斯

让－安托万－泰奥多尔·吉鲁斯特（Jean-Antoine-Théodore Giroust）作

布面油画，1788 年

现藏于达拉斯艺术博物馆（Dallas Museum of Art）

alexmarie28 摄

俄狄浦斯、安提戈涅和伊斯墨涅在复仇女神的庙前

安东·拉斐尔·门斯（Anton Raphael Mengs）作

石墨和水彩绘画，约 1760—1761 年

现藏于大都会博物馆

目　录

俄狄浦斯在科罗诺斯

俄狄浦斯在科罗诺斯

根据沙克布格（E. S. Shuckburgh）编订的《索福克勒斯的俄狄浦斯在科罗诺斯》简注本（*The Oedipus Coloneus of Sophocles*, with a Commentary, Abridged from the Large Edition of Sir Richard C. Jebb, Cambridge, 1930）希腊原文译出。

场　次

人　物

（以上场先后为序）

俄狄浦斯（Oidipous） 拉伊俄斯（Laios）和伊俄卡斯忒（Iokaste）的儿子，是忒拜城（Thebai）从前的国王

安提戈涅（Antigone） 俄狄浦斯和伊俄卡斯忒的长女

本地人 雅典西北郊科罗诺斯（Kolonos）乡的居民

歌队 由十五个科罗诺斯乡的长老组成

伊斯墨涅（Ismene） 俄狄浦斯和伊俄卡斯忒的次女

仆人 伊斯墨涅的仆人

忒修斯（Theseus） 埃勾斯（Aigeus）的儿子，是雅典城的国王

侍从数人 忒修斯的侍从

克瑞翁（Kreon） 伊俄卡斯忒的弟弟

侍从数人 克瑞翁的侍从

波吕涅刻斯（Polyneikes） 俄狄浦斯和伊俄卡斯忒的长子

报信人 忒修斯的侍从

布　景

科罗诺斯乡的圣林，圣林前面的空地上立着这乡区的英雄科罗诺斯的雕像

时　代

英雄时代，约在公元前 13 世纪末叶

一　开场[1]

俄狄浦斯由安提戈涅引领，自观众左方上。[2]

俄狄浦斯　安提戈涅，瞎眼老人我[3]的女儿啊，我们已经到了什么地方，到了什么人的城邦？今天谁肯给流浪中的俄狄浦斯一点施舍呢？我只想讨一点，可我得到的却比一点还要少，但是，有一点点，我也满足了；我遭受的苦难、我经历的漫长岁月、我的高贵身世已经使我知道满足。孩子，要是在平常的地方或是在天神的圣林里，你看见有什么地点可以坐一坐，就安顿我坐下来，打听打听我们是到了什么地方；我们是异乡人，得向本地人请教，按照人家说的办。 13

安提戈涅　俄狄浦斯，我的多灾多难的父亲啊，那守卫城市的塔楼，看来还远着呢。这儿真的是一处圣地，密布月桂树、橄榄树和葡萄树，丛林深处有许多夜莺在呖呖歌唱。你就在这天然的石墩上坐下吧；对老人说来，路走的够长了。

俄狄浦斯　你就照顾我这盲人坐下吧。

安提戈涅　如果时间能教会人怎样做事，就无须你嘱咐。

俄狄浦斯　你能不能告诉我，我们到哪儿了？

安提戈涅　我认识雅典城，这个地方我不认识。

俄狄浦斯　每一个过路人告诉我们的都是这么一点点。

安提戈涅　要不要我去打听打听这是什么地方？

俄狄浦斯　好吧，孩子，要是这里有人家。

安提戈涅　果真有人家；可是，我看，用不着去了；我望见那边来人了。

俄狄浦斯　是朝这儿走来吗？

本地人自观众左方上。

安提戈涅　他已经到了这儿。要问什么，你就说吧，那人就在眼前。

俄狄浦斯　老乡，我听她——这女孩儿的眼睛既为她自己又为我看路——说你来了，你来得是时候，正是向我们解释疑难的人。

本地人　你先离开那坐处——你践踏了那不许践踏的圣地了，——然后再发问。 37

俄狄浦斯　这是什么处所，是供奉哪一位神的？

本地人　这是个禁止侵犯、禁止居留的圣地，是属于几位可畏的女神的，她们是地神和黑暗神的女儿们[4]。 40

俄狄浦斯　她们是什么神[5]？我打听出她们的威严的名字，好向她们祈祷。

本地人　这里的人称呼她们作无所不见的“慈悲女神”[6]，别的地方喜欢称呼别的名字。 43

俄狄浦斯　那就求她们大发慈悲，收下我这个乞援人吧。我决不离开这圣地上的座位了。

本地人　这话是什么意思？

俄狄浦斯　这是我的命运的信号[7]。

本地人　不把我要做的事情向城邦报告，不经城邦许可，我不敢把你赶出来。 48

俄狄浦斯　老乡，看在天神面上，不要拒绝我这不幸的流浪人，我求你指点。

本地人　说吧，你的请求我不会拒绝的。

52 **俄狄浦斯** 那么，我们走进了什么地方了？

本地人 我所知道的一切，我说给你听，你就会明白的。这整个地方是威严的波塞冬享有的圣地[8]；那送火的提坦神普罗米修斯也住在这里[9]；你脚下踩着的地方叫铜门槛，是雅典城的“支柱”[10]；这一带地方的人都把科罗诺斯骑士认作他们氏族的祖先[11]，大家都以他的名字为姓氏。客人，你要知道，这地方就是这样，在

63 传说里名声不大，但是我们当地人却十分珍爱它[12]。

俄狄浦斯 这一带有人住吗？

本地人 有人住，他们都以那英雄的名字为姓氏。

俄狄浦斯 他们归谁统治，自己有发言权吗[13]？

本地人 他们归城里的君主治理。

68 **俄狄浦斯** 那发令掌权的人是谁？

本地人 他叫忒修斯，是先王埃勾斯[14]的儿子。

俄狄浦斯 你们谁去给他送个口信？

本地人 什么口信，是请他来？

俄狄浦斯 是要他帮我点忙，他可以得到极大的好处。

74 **本地人** 一个盲人能给他什么好处呢？

俄狄浦斯 我所要说的话都是有先见之明的。

本地人　客人，你知道怎样才不至于出事吗？我看你是个有身分的人，不管你的运气是好是坏，你暂且待在那里，待在原地，等我去把事情报告给这儿的区里人——不是报告给城里人，——他们会对你作出决定，或是让你留下，或是让你走开。

本地人自观众右方下。

俄狄浦斯　孩子，老乡走了吗？

安提戈涅　走了；现在只有我在你身边，非常安静。父亲，有什么话，你说吧。

俄狄浦斯　可畏的女神们啊，既然我一到这个地方，就坐在你们的座位上，请不要对我和阿波罗[15]冷酷无情；他曾经预言我命中多灾多难，说这个地方是我多年后安息的地方。我到这终点时，一定能从你们三位威严的女神这得到座位，得到安身之所，能在这里走完我辛苦一生的最后一程，我在这里居住，一定能为我的居停主人造福，能使驱逐我的人遭殃。他还告诉我会有信号出现，也许是地震，也许是雷声，也许是宙斯的闪电[16]。

现在我明白了，在这次的旅程中，一定是你们的可靠指点，引领我到这圣林里来的；否则我决不会在流浪中首先就遇见你们——我这个不喝酒的人遇见你们这些讨厌喝酒的神[17]，——也决不会坐在这天然石的神圣的座位上。

女神们啊，我遭受的是人间最大的苦难，如果我还不是太坏的人，请你们依照阿波罗的预言，成全我结束我这一生吧。请听我祈祷，太初的黑暗之神的可亲近的女儿们啊，请听我祈祷，雅典啊，我们称你为最伟大的帕拉斯[18]的城邦，在所有的城邦中你最受人尊敬，请你可怜可怜俄狄浦斯的不幸的生魂吧，他真的不再是旧日的那个人了！

安提戈涅　嘘！来了一群老年人，是来调查你坐在什么地方的。

俄狄浦斯　那我就不作声了；快领我离开这条路，藏身到圣林里去，直到听明白那些人说些什么；谨慎的行动取决于打听到的消息。

安提戈涅引俄狄浦斯退入景后。

二　进场歌

歌队自观众右方进场。

歌队 （第一曲首节）快找找！他是什么人？他在哪儿？这世间最冒失的家伙溜到哪儿去了？好好望一望，查一查，到处找一找！ 122

这老头子准是个流浪人，流浪人，不是本地人：否则他绝不会闯进这几位处女神的圣林的，她们是没有人敢反抗的，说起她们的名字我们都会发抖，走过她们面前，我们不敢抬眼，不敢出声，只是虔诚地动动嘴唇。

现在听说来了个一点也不怕她们的人，我查遍整个圣地，都没有发现他，不知他待在什么地方。（本节完）

安提戈涅引俄狄浦斯自景后上。

俄狄浦斯 我就是那个人；有如俗话所说，我是凭声音看见你们的。

歌队 呀！可怕的样子，可怕的声音！

俄狄浦斯 请你们不要把我当作无法无天的人。

143 **歌队** 宙斯保佑！这老头是个什么人？

俄狄浦斯 本地的保卫者啊，我绝不是很幸运的人。事情明摆着；否则我就不会靠别人的眼睛看路，慢慢行走，我
148 这条大船也就不会靠这只小锚[19]来停泊。

歌队 （第一曲次节）你是不是生来就瞎了眼睛？看样子，你是命中注定要受尽折磨活到老。我劝你，不要祸上加祸了。你进得太深了，太深了！不要再走进那寂无人声的丛林中的草地，那林中有盛满水的调缸，里面搀和着香甜的蜂蜜[20]；不幸的客人，你要好好当心，别侵犯那圣地了；快离开，快退出来！我们隔得很远，你这多灾多难的流浪人啊，你到底听见没有？如果你有话对我说，要等到你离开那禁地，来到大家可以说话的地界才
169 许说。在你出来之前不要作声。（本节完）

俄狄浦斯 女儿啊，怎么办？

安提戈涅 父亲，我们应当遵守本地的规矩，照他们说的办。

俄狄浦斯 那就牵着我吧。

安提戈涅 我牵着啦。

俄狄浦斯 老乡，我要是听信你的话走出来，可别虐待我啊！ 175

歌队 （第二曲首节）老人家，绝不会有人不顾你的意愿，把你从座位上带走的。

俄狄浦斯由安提戈涅引领，慢慢地往前走。

俄狄浦斯 还要往前走吗？

歌队 再往前走。 178

俄狄浦斯由安提戈涅引领，再往前走。

俄狄浦斯 还要往前走吗？

歌队 姑娘，搀着他往前走，你是看得见的。

安提戈涅 ……[21]

俄狄浦斯 ……

安提戈涅 ……父亲，迈开你这失明的脚步，跟着我，跟着我朝我牵引的方向走。

俄狄浦斯 ……

歌队 不幸的人，你是身在异乡，一定要恶城邦之所恶，爱城邦之所爱！（本节完） 187

俄狄浦斯 孩子，快把我带到那可以对神表示虔敬，可以说

191 话，也可以听话的地方去，我们不可和命运抗争。

俄狄浦斯由安提戈涅引领，往前走。

歌队 （第二曲次节）就到那里为止，不要跨过那天然石的平台。

俄狄浦斯 就走这么远？

歌队 告诉你，行了。

俄狄浦斯 我可以坐下么？

歌队 往旁边挪挪，蹲身坐在那石头边上。

安提戈涅 父亲，这是我的差事：这只脚朝——

俄狄浦斯 哎呀呀！

安提戈涅 把脚靠拢，把你的老迈的身子靠在我的亲热的胳臂上。

202 **俄狄浦斯** 真是苦命啊！

安提戈涅扶俄狄浦斯坐下。

歌队 不幸的人啊，你现在舒适了，把你的身世告诉我。你这多灾多难的流浪人叫什么名字？你的祖籍是哪个城
206 邦？说吧！

俄狄浦斯 （第三曲）老乡们，我是个流亡人，请别——

歌队 什么，老人家？

俄狄浦斯　别，别问我是什么人，别追问我。

歌队　这话是什么意思？

俄狄浦斯　我的身世很可怕！

歌队　说吧！

俄狄浦斯　哎呀，孩子，我怎么说呢？

歌队　客人，说吧，你是哪一族的人？你父亲是谁？

俄狄浦斯　哎呀，孩子，要出什么事？ 215

安提戈涅　既然逼到了尽头，你就说吧！

俄狄浦斯　那我就说，再也无法隐瞒了。

歌队　你们耽误得太久了；快说吧！

俄狄浦斯　你们听说过拉伊俄斯的儿子——

歌队　哎呀！

俄狄浦斯　听说过拉布达科斯[22]的后人——

歌队　宙斯呀！

俄狄浦斯　听说过那不幸的俄狄浦斯—— 221

歌队　难道你就是那个俄狄浦斯？

俄狄浦斯　我说的话你们不要害怕。

歌队　哎呀呀！

俄狄浦斯　我真是不幸啊！

歌队　哎呀！

俄狄浦斯　女儿，立刻要出什么事？

歌队　快离开我们的地界，走得远远的。

227 **俄狄浦斯**　你们怎么答应了的话不算数呢？

歌队　一个上了当而进行报复的人，不至于受到命运的惩
罚；可是以诈报诈的酬答是痛苦而不是快乐。快离开我
们的土地，离开这座位；你走吧，免得给我们的城邦加
236 上更沉重的负担。

安提戈涅　善心的老乡们啊，尽管由于你们听见过有关我不幸的老父亲的过失行为的传说而不宽容他，我还是请求你们，老乡们啊，可怜我这不幸的人，我纯粹是为我父亲向你们恳求，向你们恳求，用这两只还没有失明的眼睛望着你们，就像我是出生于你们的血统，这样，他这苦命的人才能得到你们的怜悯。

　　我们两个不幸的人依靠你们，就像依靠神一样。请
把这不敢想望的恩惠赐给我们吧！我凭你们所喜爱的一
切，凭你们的妻子、儿女、珍宝和神明恳求你们。任凭
253 你找，也找不到一个逃得过神的捉弄的人。

三　第一场

歌队长　俄狄浦斯的女儿啊，你要相信，看你们这样不幸，我们真的怜悯你，也同样怜悯他；但是我们害怕众神发怒，我们现在只能对你说这些话，此外再也没有什么可说的了。 257

俄狄浦斯　荣誉或美好的名声有什么用，它们还不是一场空！大家都说，雅典城对神最是虔敬，比别的城邦更能庇护受难的客人；可是在我看来，哪里是这么回事？你们叫我从座位上站起来，然后把我赶走，只因为你们害怕我的名字；其实你们并不害怕我这人和我的行为，因为我是受害者而不是害人者；说到这里，就得提起我母亲和我父亲的故事——你们就是因为那些事而害怕的，我知道得很清楚。

我的天性怎么算坏呢？我是先受害，然后进行报复
的[23]；即使我是明知而为之，也不能算是坏人。但事
实上，我是不知不觉走上了这条路的，而那些害我的人
274 却是明明知道而要毁灭我的啊！[24]

因此，老乡们，我以众神的名义向你们恳求：你们
既然叫我起来，就应当保护我，你们既然尊重神，就应
当把虔诚的行为献给他们；你们要相信，神的目光注视
着那些敬神的人，也注视着那些不敬神的人，这人间从
281 来没有一个坏人能躲避神的注意。

你们在神的保佑下，不要做不正当的事，免得玷
污这光荣的雅典城。你们既然接待了我这乞援人，保证
我的安全，就应当援救我，保护我；不要由于我这难看
的面貌而不尊重我。我在这儿是一个受神保护的虔诚的
人，我还要为这里的人造福；等你们的主上到来，——
不论他是谁，——我就把这一切告诉你们，让你们知
291 道；在这期间我求你们不要危害我。

歌队长 老人家，你的言谈很能引起我的敬畏之心；因为这些话很有分量。我很满意，这件事得由这地方的君主

决定。

俄狄浦斯 老乡们，这国土的治理者现在在哪儿？

歌队长 在他祖先传下来的都城里，那个派遣我到这儿来的侦察员已经去请他去了。

俄狄浦斯 你们认为他会不会尊重或关心我这盲人而亲自前来？

歌队长 他听了你的名字，一定会来。

俄狄浦斯 谁去把消息告诉他？

歌队长 道路遥远；可是过客会传送各种消息，你放心，他一听见，就会前来。老人家，你的名字到处传闻，即使他在休息，懒得走动，一听见是你，也会赶快到这儿来的。

俄狄浦斯 愿他前来，这对他的城邦有好处，对我也有好处；帮助别人不是也帮助自己么？

安提戈涅 宙斯啊，我该说什么呢？父亲，我该想什么呢？

俄狄浦斯 什么事，安提戈涅，我的孩子？

安提戈涅 我看见一个女人骑着一匹埃特那[25]小马到我们这儿来了，她头上戴着一顶帖萨利亚[26]宽边毡帽，给她遮太阳。那是谁？是她不是她？也许是我想错了吧？

说是她，又说不是她，我说不准。啊！那不是别人。她上前来，用炯炯的目光招呼我，她分明是伊斯墨涅。

俄狄浦斯　孩子啊，你说什么？

安提戈涅　我看见了你的女儿、我的妹妹；你立刻就能凭她
323 的声音认出她了。

伊斯墨涅偕一仆人自观众左方上。

伊斯墨涅　父亲啊，姐姐啊！——这两个称呼叫起来使我十分愉快！好容易才找到你们！找到了，又好容易才透过眼泪看见你们！

俄狄浦斯　孩子啊，是你来了？

伊斯墨涅　父亲啊，你的景况多么不幸呀！

俄狄浦斯　孩子，是你在这儿？

伊斯墨涅　多么累人的旅程啊！

俄狄浦斯　女儿啊，摸摸我吧。

伊斯墨涅　我拥抱你们俩。

俄狄浦斯　同胞的女儿啊！[27]

伊斯墨涅　最凄惨的景况啊！

俄狄浦斯　你指的是她的和我的景况？

伊斯墨涅　也是指我这不幸的人的。

俄狄浦斯 孩子，你为什么而来？

伊斯墨涅 父亲，为了关心你。

俄狄浦斯 是作女儿的怀念？

伊斯墨涅 是的；还亲自给你捎来了消息，同我这唯一可靠的仆人一起来的。

俄狄浦斯 你那两个年轻的哥哥现在在什么地方受罪？

伊斯墨涅 他们在他们所在的地方，现在的境遇很困难。 336

俄狄浦斯 他们的性情和生活完全沾染了埃及习气！那里男人坐在家里织布，妻子却出外谋生。孩子们啊，你们两个也是这样。应当担负这种辛苦的人像女孩子一样待在家里，你们两个女孩子却代替他们，为我这不幸的人分担苦难。

你们当中的一个，自从她结束了幼年的抚育时期，发育成长以来，就一直照看我这老年人，分担我的漂泊生涯，时常饿着肚子，赤着脚在荒林里的迷途中奔走，在暴风雨里，在骄阳下，多么可怜，受尽奔波之苦；她全不顾惜安乐的家园生活，只要能使父亲得到女儿的照拂。 352

（向伊斯墨涅）至于你，我的孩子，你也曾瞒过卡德墨亚人[28]，把所有针对我而颁发的神示给我带来；当我被放逐时，你还为我做过忠实的守望者。现在，伊斯墨涅，你又给父亲捎来了什么消息？什么使命使你离家远行？你不会空手而来的，我知道得很清楚；你一定
360 给我捎来了什么可怕的消息。

伊斯墨涅　父亲，且不说我为了打听你在何处生活而遭受的艰难困苦；因为我不愿意受两次苦：经受了艰苦，又来叙述一次。我是来把你那两个不幸的儿子现在面临的灾
366 难告诉你的。

起初，他们两人都愿意把王位让给克瑞翁，使城邦不至于受到玷污，他们当时是冷静地注意到我们家族的古老的灾祸[29]，注意到那灾祸是怎样缠绕着你的不幸的家的。但如今，神的诱惑和邪恶的心灵使他们两个不
373 幸的人发生了凶恶的争吵，彼此争夺王位和王权。

眼下那血气方刚、年纪轻轻的一个霸占了那年长的波吕涅刻斯的王位，把他哥哥放逐出境。[30]那流亡人，据我们那里传说，逃到群山环绕的阿耳戈斯[31]，在那里缔结了新的姻缘，交上了联盾的盟友，有意叫阿耳戈斯很快就使卡德墨亚名誉扫地，或者把那个城

邦捧上天。 381

父亲，这不是空话，而是可怕的事实。不知众神
要到什么时候才会怜悯你所受的苦难。 384

俄狄浦斯 你是不是真的还希望神会关照我，拯救我？

伊斯墨涅 父亲啊，我的希望寄托在新的神示里。

俄狄浦斯 什么神示？孩子，又有了什么预言？

伊斯墨涅 那里的人为了他们的繁荣，迟早要把你，不论是
死是活，弄回去。 390

俄狄浦斯 谁能从我这样一个人身上得到什么好处呢？

伊斯墨涅 据说他们的权力要依靠你。

俄狄浦斯 是不是等我死后，我才能成为一个人物？

伊斯墨涅 是的；那些从前把你毁掉的神，现在要把你扶起来。

俄狄浦斯 真无聊，一个人年轻时把他打倒，年老时再把他
扶起来。 395

伊斯墨涅 你要知道，就是为了这个，克瑞翁要来找你；等不了多久，他就要前来。

俄狄浦斯 女儿，他要干什么？明明白白地告诉我！

伊斯墨涅 他们要把你安顿在卡德墨亚边界上，既把你抓在

手里，又不让你进入国境。

俄狄浦斯 可是我待在国门之外，能使他们得到什么好处呢？

伊斯墨涅 你的坟墓若是无人祭奠，会使他们受到诅咒。

俄狄浦斯 用不着神的启示，这个道理谁都懂得。

伊斯墨涅 所以他们想把你安顿在边境上，在那里就由不得你了。

俄狄浦斯 他们会把我埋在忒拜的泥土里么？

伊斯墨涅 不会；父亲啊，杀害亲属的罪过不容你躺在那里。

俄狄浦斯 那他们绝不能把我抓到手。[32]

伊斯墨涅 那么，总有一天卡德墨亚人是要吃苦头的。[33]

俄狄浦斯 孩子，是不是有什么事情要发生？

伊斯墨涅 你的魂灵会发怒，当他们站在你的坟地上的时候。

俄狄浦斯 孩子，你所说的事，是谁告诉你的？

伊斯墨涅 是那些从得尔福[34]庙上回来的使节告诉我的。

俄狄浦斯 这件和我有关的事是不是福玻斯说的？

伊斯墨涅 那些回到忒拜[35]平原的人说，是他说的。

俄狄浦斯 我那两个儿子，哪一个听到过这消息？

伊斯墨涅 他们两人都听到过，知道得很清楚。

俄狄浦斯 那两个坏透了的东西听到了这消息，还只是看重王权，而不想把我召回吗？

伊斯墨涅 我听了这话很痛心，也只好忍耐啊！

俄狄浦斯 愿神们不要为他们禳解这注定的争端；他们正在举起长矛进行决斗，由我来做这场战斗的裁判：那个现在霸占着王杖和王位的人既不能待在家里，那个被放逐的人也不能再回家。当他们的父亲遭受耻辱，被赶出祖国的时候，他们既不营救，也不保护，眼看我被驱逐出家门，被宣告为流亡人。

你会说，那时是我自愿流亡，城邦合情合理地把那种恩惠给了我。其实不然；就在当天，当我的心最激动的时候，当我最愿意死，甚至被石头砸死[36]的时候，根本没有人出来帮助我满足我的心愿。但是，过了一些时候，我的痛苦已经减轻了，我觉得我的愤怒已经超过了过去的过失所应受的折磨，那时候，延缓多年之后，城邦却把我驱逐出境；而他们，我那两个儿子，本来是能够援救父亲的，却什么也不干，连挺身出来说几句话也不肯，眼看我成了一个流亡人、叫花子，长久在外面漂泊。

这两姐妹虽然是女孩子，却付出了女性所能付出的一切，养活我，给我以安全的庇护，尽到了子女的照拂；而她们的两个哥哥却只贪图王位、王杖和王权，而不要父亲。他们绝对不能赢得我和他们结盟，卡德墨亚王位也轮不到他们享受；这件事我知道得很清楚；我听到了她捎来的神示，回想起我自己保存着的旧日的预言，福玻斯终于使它在我身上应验了。

那么就让他们派克瑞翁来找我吧，如果国内掌权另外有人，就派别的人来吧。老乡们，只要你们愿意和庇护这乡区居民的威严的女神们一起保护我，你们就能为城邦赢得一个大救星，使我的仇人遭受苦难。

歌队 俄狄浦斯，你和你的女儿们值得我们同情；既然你说你是这地方的救星，我愿为你好而忠告你。

俄狄浦斯 最亲爱的朋友啊，那就请你指点吧，我一定全都照办。

歌队长 你立刻向这些女神举行赎罪礼，因为你一到这里，就侵犯了她们的土地。

俄狄浦斯 老乡们，请你们指教，用什么样的仪式？

歌队长 首先，从长流的泉水里把神圣的奠品取来，取水的手要洁净。

俄狄浦斯 我取来了清洁的泉水之后，又怎么办？

歌队长 那里有调缸，那是能工巧匠的制成品，你把缸的边缘和两旁的耳朵缠上。

俄狄浦斯 用橄榄枝、羊毛带，还是用什么样的仪式？

歌队长 用新剪下的、小母羊的毛搓成的带子。

俄狄浦斯 好的；这仪式怎样完成呢？

歌队长 面向早晨的东方，把奠品倒在地上。

俄狄浦斯 是不是用你说的那水壶来祭奠？

歌队长 倒三次，最后一壶要倒光。[37]

俄狄浦斯 那壶在陈列之前，里面都装些什么？这个也请你指教。

歌队长 装水和蜜；可别搀酒。

俄狄浦斯 等到树阴下的泥土吸饮了这些奠品之后，又怎么办？

歌队长 双手把三九二十七支橄榄枝摆在那里，并且这样祷告——

俄狄浦斯 我想听听这祷词，这是非常重要的。

歌队长　“请你们慈悲为怀，”——我们称呼她们作慈悲女神——“接受我这个保证这地方的安全的乞援人！”你自己这样祷告，或者由别人替你祷告，要悄没声儿地说，别放大声音；然后告退，不要回头看。你这样做了，我才有勇气帮助你；否则，客人啊，我会因你而感到害怕的。

俄狄浦斯　女儿们，你们听见了本地老乡们的话没有？

安提戈涅　听见了，你怎么吩咐，我们就怎么做。

俄狄浦斯　我不能前去，因为我没有力气，也看不见，双重残废。你们两人谁去祭奠吧。我认为一个人只要诚心诚意前去，就可以替无数的人赎罪。快去祭奠吧。只是别留下我独自一人在这里；因为没有人扶助或引领，我就不能行动。

伊斯墨涅　我去举行仪式；可是我想打听一下，那地点在哪里？

歌队长　客人，在圣林深处。如果你需要什么东西，那儿有个住在林边的人，他会指点你的。

伊斯墨涅　我去执行这任务；可是，安提戈涅，你在这里守着父亲；子女须为父母受累，这是不足挂齿的。[38]

伊斯墨涅偕仆人自景后下。

歌队 （抒情歌第一曲首节）客人，把久已归于平静的痛苦唤醒来，自然是一件可怕的事；可是我还是想听一听——

俄狄浦斯 听什么？

歌队 听一听那无法挽救的、可怕的痛苦怎样纠缠着你不放。

俄狄浦斯 凭你对客人的好意，请不要透露我遭受的耻辱。

歌队 这传说到处流行，一点也没有消失，客人，我想听一听真实情况。

俄狄浦斯 哎呀！

歌队 答应吧，我求求你。

俄狄浦斯 唉，唉！

歌队 答应吧；你的要求我都答应了。

俄狄浦斯 （第一曲次节）老乡们，我遭受到最沉重的苦难，完全是由于无心的过失，天知道，事情不是我有意做出来的。

歌队 那是怎么回事？

俄狄浦斯 我的城邦给我安排了一个恶姻缘，我是不知不觉就遭受到这婚姻的祸害的。

歌队 你真的，像我听说的，从你母亲那里借了什么东西来放在你的可恨的婚床上[39]，把床玷污了？

俄狄浦斯 哎呀，老乡啊，听了这话，我比死了还难受；这两个——我所生的——

歌队 你要说什么？

俄狄浦斯 这两个女孩子——两个不幸的人——

歌队 宙斯啊！

532 **俄狄浦斯** 是我们共同的母亲在阵痛中生出来的。

歌队 （第二曲首节）这么说，她们是你的女儿，又是——

俄狄浦斯 又是她们父亲的亲妹妹。

歌队 哎呀！

俄狄浦斯 哎呀！数不清的灾难掉过头来横扫了我！

歌队 你受到了——

俄狄浦斯 受到了难以忍受的灾难。

歌队 你犯了罪——

俄狄浦斯 我没有犯罪。

歌队 那又是怎么回事？

俄狄浦斯 是我接受了一件礼物；但愿我这不幸的人不曾因

为有功于城邦而赢得这件礼物！[40] 541

歌队 （第二曲次节）不幸的人啊，还有呢？你杀了人——

俄狄浦斯 什么？你还要打听什么？

歌队 你流了你父亲的血？

俄狄浦斯 唉，唉！你再一次刺伤了我，使我痛上加痛！

歌队 你把他杀死了——

俄狄浦斯 我把他杀死了；但是我有——

歌队 有什么？

俄狄浦斯 正当的辩解。

歌队 什么？

俄狄浦斯 你们听我说：我所杀死的是要我性命的人；在法律面前，我是清白无辜的；因为我不知他是谁，就把他杀了。（抒情歌完） 548

歌队长 我们的国王忒修斯，埃勾斯的儿子，听见了你送去的口信，来完成他的使命来了。 550

忒修斯偕众侍从自观众右方上。

忒修斯 我曾听见许多人说你残忍地弄瞎了眼睛，所以我认得出是你，拉伊俄斯的儿子啊；我一路走来，又打听到一些消息，我就十拿九稳了。看你这一身衣服和你这一副可怜的样子，我就知道你是谁；我同情你，不幸的俄狄浦斯，我想问一问，你和你身边不幸的姑娘到这里来，对我的城邦和我本人有什么要求？告诉我吧，你要述说的遭遇一定很可怕，使我听了也会畏缩的；我自己也是流落在异乡长大的，和你一样，在外邦冒着生命的危险[41]，从来没有人冒过那样大的危险，因此我不会躲避你，或是拒绝援救像你这样的异乡人；我知道得很清楚，我是凡人，到明天我所应得的一份不会比你多。

俄狄浦斯 忒修斯，三言两语就显出你为人高尚，所以我只要简单地说说就行了。你已经说起我是谁，我的父亲是谁，我是从什么地方来的；所以除了表达我的心愿而外，我用不着说别的，我的话说完了。

忒修斯 把我想知道的事情告诉我吧！

俄狄浦斯 我来把我这受难的身体作为一件礼物送给你，虽然不好看，但是你从它获得的利益比漂亮的容貌要好得多哩。

忒修斯 你带来的利益是什么？

俄狄浦斯 日后便知，现在还不是时候。

忒修斯 你要到什么时候才把你的赠品拿出来？

俄狄浦斯　要到我死了，你把我埋葬了以后。

忒修斯　你所要求的是身后的恩典；可生前的一切你不是忘记了，就是不重视。

俄狄浦斯　是的，因为得到了那个恩典，我就能得到一切。[42]

忒修斯　你所要求于我的恩典是一件小事。

俄狄浦斯　可是你要当心，这不是小事。

忒修斯　你是不是说我和你的儿子们之间会起纠纷？

俄狄浦斯　国王啊，他们要把我弄回忒拜。

忒修斯　只要你愿意；流亡对于你没有好处。

俄狄浦斯　但是在我愿意回去的时候，他们却不答应。

忒修斯　糊涂的人啊，人在患难中不宜闹意气。

俄狄浦斯　你听了我的身世，再责备我；现在先不要说我吧。

忒修斯　你说吧；事情没弄清楚，我就不发表意见。

俄狄浦斯　忒修斯，我是在灾难中遭受灾难。

忒修斯　你要提起你的家族以往传下来的灾难吗？

俄狄浦斯　不，那已经传遍了整个希腊。

忒修斯　你遭受的为凡人所不能忍受的痛苦又是什么呢？

俄狄浦斯　是这么一回事：我被自己的儿子们从我的土地上撵了出来，因为我是杀父的凶手。我再也不能回去了。

忒修斯 既然你非留居在外面不可，他们为什么又要把你弄回去呢？

俄狄浦斯 神的预言迫使他们这样做。

忒修斯 他们所惧怕的是神示里说起的什么灾难？

俄狄浦斯 他们命中注定要在这个地方受到打击。

606 **忒修斯** 我和他们之间怎么会发生恶感呢？

俄狄浦斯 埃勾斯的最可爱的儿子啊，唯有神们不至于衰老或者死亡，其他一切都会被全能的时间毁灭掉。大地的精力在衰退，身体的精力也在衰退，信任在消亡，猜疑在生长，朋友和朋友之间，城邦和城邦之间，从来不会永远声息与共；因为人们迟早会发觉，友好变成仇恨，

615 然后仇恨又变成友好。

你现在同忒拜的关系美满晴和，可是在时间的无穷尽的行程中会生出无数的日日夜夜，总有一天，他们会利用一个小小的口实，大动干戈，破坏今日所保证的和睦；那时，只要宙斯依然是宙斯，他的儿子福玻斯的预言依然灵验，我这具在地下长眠的尸首虽然凉了，也要吸饮他们的热血。

但是道破那秘密会使人不愉快，且让我用开头的

话作为结束语；你要守信用；你绝不会认为你白白地欢迎了俄狄浦斯居留在这个地方的，——除非是神们欺骗了我。 628

歌队长 国王，这人早已表示他要为我们的土地履行这些诺言或是与此相类似的诺言。 630

忒修斯 （向歌队长）谁能拒绝这样一个人的好心好意呢？在他看来，首先，盟友的灶火自来就是我们双方所共有的；其次，他是作为女神们的乞援人而到这里来的，给予我们的土地和我本人以不小的报酬。我尊重他的要求，接受他的恩惠；我要把他当作一个公民安顿在这个地方。客人愿意留在这里，我就派你保护他；（向俄狄浦斯）但是，如果你更乐于跟我走——俄狄浦斯，是走是留，都由你选择；随你怎样，我都同意。 641

俄狄浦斯 宙斯啊，愿你赐福给这样的人。

忒修斯 你打算怎样？到不到我家里去？

俄狄浦斯 要是可以去的话；可是这地方就是——

忒修斯 你要在这里做什么？我决不阻挠你。 645

俄狄浦斯 这就是我要击溃那些放逐我的人的地方。

忒修斯 你为了在此留居而许下的礼物是很大的。

俄狄浦斯　是的，只要你真正履行你的诺言。

忒修斯　我这方面的事，你尽管放心；我不会背弃你的。

俄狄浦斯　我决不把你当作一个靠不住的人，用盟誓来约束你。

忒修斯　盟誓不会比我的诺言更可靠。

俄狄浦斯　那么，你打算怎么办？

忒修斯　你到底怕些什么？

俄狄浦斯　那些人会来——

忒修斯　这些人[43]会当心这件事的。

俄狄浦斯　恐怕是得当心些，如果你离开我——

忒修斯　我应当做的事，用不着你指教。

俄狄浦斯　我心里害怕，不得不——

忒修斯　我心里一点也不害怕。

俄狄浦斯　你不知道他们的威胁——

忒修斯　我知道没有人会违反我的意志把你从这里拖走。多少威胁是人们在生气的时候，徒劳地说出来吓唬人的；可是等到他们清醒过来，那些威胁就会烟消云散。尽管他们胆敢夸口要把你拖走，可是隔着这里的海会显示出它的辽阔，我相信，是难以飞渡的。[44]且不说我的决

心，只要你是福玻斯打发来的，我就劝你鼓起勇气来；我相信，即使我不在这里，我的名声也足以保护你不受迫害。 667

忒修斯偕众侍从自观众左方下。

四　第一合唱歌

歌队　（第一曲首节）客人，你来到了这出产名马的地方、世上最美丽的家园、这亮晶晶的科罗诺斯[45]，这里夜莺是常客，在浅绿色的林间发出清脆的歌声，它栖息在深紫色的常春藤里，栖息在酒神的结实累累的不许侵犯的丛林里，那里阳光照不透，也不为风暴所侵袭；那狂欢的狄俄倪索斯夜夜陪伴着那些养育他的仙女在这里游逛[46]。

（第一曲次节）这里有一串串美丽的水仙花，在天降的露水的哺育下朝朝开放，自来就是那两位伟大的女神的冠花[47]；此外，还有黄澄澄的花朵[48]；刻菲索斯[49]的奔流不息的泉水习以为常地泛着清澈的涟漪，奔过大地胸前，灌溉着漠漠的平原，使土地肥沃，生机勃勃；文艺女神们的歌舞队喜爱这地方，那手执金缰的阿佛洛狄忒也从不厌弃[50]。 693

（第二曲首节）这里有一种树，这样的树我从未听说长在亚细亚的土地上，或是珀罗普斯的伟大的多里斯岛上[51]，这不是手植的，而是自生的[52]，在这块土地上茂盛成长，为敌人的戈矛所畏惧[53]，那便是养育男儿的青青的橄榄树[54]；老老少少不得动手去砍伐它，毁坏它；因为那保护圣橄榄的宙斯的警醒的眼睛看守着它，那目光炯炯的雅典娜也看守着它[55]。 706

（第二曲次节）我还要夸耀我的祖国，赞美那伟大的神的赏赐，这地方最大的荣耀：好马、良驹和海上的权力。克洛诺斯[56]的儿子，我们的主波塞冬啊，你曾经使我的祖国登上这光荣的座位；因为你首先在这条道路旁边制造那驯服烈马的嚼子。你还教那合手的美好的桨在海上划得惊人地快，追随着那些百足的涅瑞伊得斯[57]。 719

五　第二场

安提戈涅　最受人称赞的土地啊，现在就看你怎样证实这光辉的颂辞了。

俄狄浦斯　孩子啊，发生了什么意外的事了？

723 **安提戈涅**　父亲，克瑞翁带着一些侍从从那边向我们走来了。

俄狄浦斯　最亲爱的长老们啊，你们要保证我的安全。

歌队长　你放心，我会保证的；我虽然年老，但这地方的力
727 量却没有衰老。

克瑞翁偕众侍从自观众左方上。

克瑞翁　这地方高贵的居民啊，我看得出来，因为我的到
731 来，你们眼中有畏惧的表情；你们别害怕，别口出恶言。
我来到这里，并不想做什么；因为我已经上了年

纪，我并且知道，我所到达的是希腊最强大的城邦。正由于我年老，才被派遣来劝那人跟我一起回到忒拜平原去，我不是由某一个人派来的，而是由全体人民指定的；因为我和这人有亲戚关系，我比别的市民更应当为他的灾难而感到痛心。 739

不幸的俄狄浦斯啊，听我的话回家去吧！我们全体忒拜人都应当邀请你，特别是我；老人家，我看你很可怜，在异乡作客，长久漂泊，靠一个女孩子扶持，没有吃食，到处行乞，我特别为你的苦难而悲叹；要不然，我便是世间最坏的人；唉，想不到一个女子会落到这样深的苦难里，像她这个不幸的姑娘这样落难，她一直过着乞丐生活，侍候你这人，她这样大了，可还没有结婚，一遇上强人，就会被抢走的。 742

哎呀，你对于你和我以及我们整个家族发出的辱骂，难道不叫我痛心？耻辱一公开，便实在难以遮掩，因此，俄狄浦斯，我凭你祖先的神请求你听我的话，答应回到你祖先的城里和家里去，把这耻辱隐藏起来；你且向这城邦道一声友好的告别，它是受之无愧的；可是你自己的城邦更有权利受到你的尊敬，因为它从前养育

760 过你[58]。

俄狄浦斯 你这个胆大妄为的人啊，你会从任何“权利”里找出狡猾的计策来；你为什么这样劝诱我，想把我再陷入那最使我伤心的罗网？当初，在我为自己惹出来的灾难而感到苦恼，很愿意被放逐出境的时候，你却不愿意满足我的心愿，赐给我这个恩典；可是等我生够了气，在家里日子过得挺愉快，你却把我驱逐出境，那时候，在你看来，“亲戚关系”毫无可爱之处；而现在，你看见这城邦和它的全体人民欢迎我，你又想把我拖走，你的甜言蜜语里包藏着险恶的用心。违反我们的意愿而向我们表示善意，有什么意义呢？你再三要求点什么东西，人家却偏偏不给，不愿意帮忙；可是，当你心里的欲望已经得到满足的时候，他才给你，这种恩惠就不值得感谢了；那岂不是自讨无趣？你给我的也就是这样的

782 东西，幌子打得挺好，骨子里却很坏啊！

我要向这些人宣布，说明你这人很卑鄙。你是来带我的，可又不是带我回家，而是把我安置在边界上，以免你的城邦受到从这地方飞去的灾祸。那种好事没你的份，这个灾祸才是你的：我的报冤的鬼魂将永远在那里

出没；我的土地，我的儿子们可以分得这么大一块，只够他们两人死在那里。

关于忒拜的命运，我不是比你清楚吗？清楚得多哩，因为我有更可靠的消息的来源，那是从阿波罗和他父亲宙斯那里得来的。你带来一张撒谎的嘴，比剑刃还锐利！可是你这样一说，你收获的灾祸将会大于你的安全。我知道我这些话说服不了你，你滚吧，让我们在这里过日子；即使是这种境况，我们也过得不坏啊，只要我们知道满足。

克瑞翁 你以为在这次的谈话里，是我被你打败了，还是你被你自己打败了？

俄狄浦斯 如果你说服不了我，也说服不了旁边这些人，我也就十分满意了。

克瑞翁 不幸的人啊，难道你要表明时间还没有使你变聪明一点？你要活着给你的年纪丢脸么？

俄狄浦斯 你倒有一条灵巧的舌头；我不知哪个诚实人能把每件事情都说得这样天花乱坠。

克瑞翁 说得啰唆和说得中肯，是大有区别的。

俄狄浦斯 好像是说，你的话既简短又中肯。

克瑞翁 在一个只有你这么一点智力的人看来，却并非如此。

俄狄浦斯 你滚吧！我还要以这些人的名义这样说：别在我命中注定要留居的地方堵着路监视我！

克瑞翁 我请他们，不是请你作证。你对亲戚这样答话，万一我捉住你——

俄狄浦斯 谁能违反我的战友们的意志而捉住我？

克瑞翁 即使我捉不到你，你也会感到伤心的。

俄狄浦斯 你干了什么事，这样吓唬我？

克瑞翁 你的两个女儿，有一个已经被我捉住送走了，另外一个，我马上就要把她带走。

俄狄浦斯 哎呀！

克瑞翁 你马上就会哭得更伤心的。

俄狄浦斯 你已经捉到我的女儿吗？

克瑞翁 （指着安提戈涅）等不了多久，我就要捉这一个。

俄狄浦斯 老乡们，你们打算怎么办？你们要背弃我么？还不快把这不敬神的人[59]从这儿撵走！

歌队长 你走吧，客人，赶快走吧！因为你现在做的事不正当，你方才做的事也不正当。

克瑞翁 （向众侍从）这正是你们把她强行带走的时候了，

要是她自己不愿意走的话。

安提戈涅 哎呀！我往哪里逃呢？我能从天神或凡人那里得到什么帮助呢？

歌队长 （向克瑞翁）客人，你要干什么？

克瑞翁 我不抓他，要抓她，她是受我监护的人。

克瑞翁抓住安提戈涅。

俄狄浦斯 这地方的长老们啊！

歌队长 客人，你这事做得不正当。

克瑞翁 我做得很正当。

俄狄浦斯 怎么见得你做得很正当？

克瑞翁 我所带走的，是受我监护的人。

俄狄浦斯 （抒情歌首节）城邦呀！

歌队 （向克瑞翁）客人，你要怎么样？还不快把她放了！要不然，你就得同我们比一比拳头。

歌队走向克瑞翁，作威胁状。

克瑞翁 退回去！

歌队 你要这样干，我决不从你面前退回去。

克瑞翁 你要是伤害了我，就得同我的城邦打一仗。

俄狄浦斯 （向歌队）我不是早就警告过你吗？

歌队　快把这女孩子放了！

克瑞翁　事情你管不了，就别发命令。

歌队　我叫你松手！

克瑞翁　（向一侍从）我告诉你，快走！

一侍从抓住安提戈涅。

歌队　本地的居民啊，快来救呀，来呀，来呀！这城邦，我

843 们的城邦，遭到了暴行！快到我这里来！（本节完）

安提戈涅　哎呀，他们正在把我拖走！朋友们呀朋友们！

俄狄浦斯寻找安提戈涅。

俄狄浦斯　我的孩子，你在哪儿？

安提戈涅　他们正在逼着我走。

俄狄浦斯　女儿啊，把你的手伸出来！

安提戈涅　我做不到。

克瑞翁　（向众侍从）还不快把她带走！

847 **俄狄浦斯**　哎呀，哎呀！

众侍从拖着安提戈涅自观众左方下。

克瑞翁　你再也不能靠这两根拐杖[60]走路了。你想打败你的祖国和你的朋友们，你就把他们打败吧！我身为王家人物，是他们派来执行任务的。我相信，你终于会明

白，你现在和过去都没有做过什么于自己有益的事，那时候，你不听朋友们的劝告，大发脾气，那火气害了你一生[61]。

克瑞翁转身退走。

歌队长 站住，客人！

歌队上前阻挡克瑞翁。

克瑞翁 我警告你，不要碰我！

歌队长 你抢走了这两个女孩子，我就不让你走！

克瑞翁 那么你立刻就会使我的城邦得到一个更大的人质；因为我不只是拿获那两个女孩子。

歌队长 你要干什么？

克瑞翁 我要把他抓走。

歌队长 你的口气可不小！

克瑞翁 而且现在就要执行。

歌队长 除非这地方的掌权人不阻挡你。

俄狄浦斯 无耻的叫嚣！你真敢碰我吗？

克瑞翁 （向俄狄浦斯）我叫你住口！

俄狄浦斯 我不住口；但愿这些女神让我发出这个诅咒！坏透了的东西，我原有的眼睛早已瞎了，你还要强行夺走我这唯一的眼睛[62]！但愿那无所不见的神赫利俄斯[63]终于会使你和你的家族像我这样活到老！

克瑞翁 本地方的居民啊，你们听到这话没有？

俄狄浦斯 我和你的话他们都听到了，他们知道，我是实际上受了虐待，只是口头上向你报复。

克瑞翁 我再也不能控制我的愤怒了；我虽是独自一人，年纪大了行动不灵，但是，我还是要把他强行带走。

克瑞翁逼近俄狄浦斯。

俄狄浦斯 （抒情歌次节）[64]我真是不幸呀！

歌队 客人，如果你想干这件事，你这次前来真是胆大！

克瑞翁 我就是要干。

歌队长 那么我将认为这城邦算不得一个城邦。

克瑞翁 只要正义在手，弱者可以战胜强梁。

俄狄浦斯 （向歌队）他叫嚷什么，你们听见没有？

歌队 宙斯知道[65]，他的话是不能实现的。

克瑞翁 宙斯可能知道，你却不知道。

歌队 这不是侮辱是什么？

克瑞翁 是侮辱，可是你得忍受。

歌队 全体人民啊，这地方的领袖们啊，快来呀，来呀！他

们快要出境了！（本节完） 886

忒修斯偕众侍从自观众左方急上。

忒修斯 这是什么呼声？出了什么事？什么恐惧使你们妨碍
我在祭坛前向海神，科罗诺斯的主宰，杀牛献祭？告诉
我，让我知道这一切；我就是为此赶到这里来的，比舒
舒服服地走路快得多。 890

俄狄浦斯 最亲爱的朋友啊，听你的声音，我就知道你是谁，我方才遭受了这家伙的可怕的虐待。

忒修斯 什么虐待？是谁伤害了你？快说呀！

俄狄浦斯 你亲眼看见的克瑞翁拖走了我唯一的一对孩子。

忒修斯 你说什么？

俄狄浦斯 你听到的就是我遭受的虐待。 896

忒修斯 （向众侍从）你们哪一个赶快去到祭坛前面，命令人们都停止献祭，步行的快走，骑马的放松缰绳，都快快开赴那两条行商大道会合的地点，以免那两个女子被人拖过去了，使我屈服在暴力之下，叫这客人笑话。去吧，我命令你快去！

一侍从自观众左方急下。

至于这家伙，只要他活该忍受我的愤怒，我决不让

他平安无事地就从我手中溜掉。他自己带来了这样的王法，现在他本人就要受到这王法的惩治，而不是受到别
908 的惩治。

（向克瑞翁）在你还没有把那两个女孩子带回来，把她们领到我眼前，你不得离开这里；因为你的行为辱没了我，也辱没了你的家族和你的祖国。你来到这主持公道、凡事按法律办理的城邦，却不尊重这地方的权力，这样侵犯我们，把你所要的女孩子带走，倚势欺人。你认为我的城邦没有人，只有奴隶，而我呢，废物
918 一个。

忒拜城并没有教你为非作歹，因为它不愿意养育出一些不义的儿孙；要是它听说你抢劫了我，抢劫了众神，把他们的不幸的乞援人强行拖走了，它是不会称赞你的。假若我是在你的土地上，尽管我有最正当的要求，可是，不得到地方上掌权人的许可——不管他是谁，——我决不会干这种掠夺的勾当；我该知道，一个外邦人应当怎样和那里的市民相处。可是你却辱没了你自己的不应该辱没的城邦；你的越来越大的年纪，使你
931 变得又老又愚蠢。

我方才已经说过了，现在再说一遍：如果你不愿身不由己地被迫在这里侨居作客的话，那就叫人赶快把那两个女孩子带到这里来。我的话不仅是从我嘴里，而且是从我心里向你说出来的。 936

歌队长 客人，你看见了你的处境了吗？就你的出身而论，你应当是个正直的人，可是你干的却是为非作歹的事。 938

克瑞翁 埃勾斯的儿子啊，我并不是像你所说的，认为这城邦没有人，或者缺少谋略，我才这样做的，而是我断定你的人民对我的亲戚绝不会这样热情，以致违反我的意愿收养他们。我相信，你的人民不会接待一个杀父的人、一个有污染的人、一个和不洁净的婚姻有关系的人，因为，我知道，本地的阿瑞斯山[66]是非常明断的，它不会让这样一个流浪人居留在城邦里。在这样的信念下，我才下手捉拿这个猎物；而且如果他没有狠狠地诅咒我和我的家族，我也不至于这样做；我既然受了害，就可以向他进行报复。一个人不论多大年纪，也是会生气的，除非是他死了，只有死人才不会感到烦恼。 955

因此，你认为怎么好就怎么办吧；我的话有道理，可是孤立无援使我处于软弱的地位；然而，即使是上了

959 年纪，我也要对你的行动进行报复。

俄狄浦斯 无耻的东西，你以为你这话侮辱了谁，是侮辱了我这老头子，还是侮辱了你自己？凶杀、乱伦、不幸的事件都从你嘴里向我抛了过来，这些都是我，哎呀，不知不觉地造成的，此中似有天意，也许是众神要发泄对我的家族积下的愤怒，因为你找不出我本人有什么罪过好拿来谴责我，说我有恶报，才对我自己和我的亲人做错了事。告诉我，如果神示说，有什么注定的命运要落到我父亲身上，他必将死在他儿子手里，你有什么理由拿来责备我呢？因为那时候我还没有出世，我的父亲和母亲还没有把我生下来。而且，如果像我这样生而不幸的人同我的父亲打起来，把他杀死了，却不知道我做的是什么事，也不知道我杀的是什么人，你有什么理由谴责这无心的过失呢？莽撞的东西，你逼着我提起我母亲的婚姻，她是你的姐姐，你不觉得羞耻吗？我现在就说说吧。你既然讲了这许多不干净的话，我也就不能闭口无言。是的，她是我的母亲，是我的母亲，我真是不幸呀！这件事我不知道，她也不知道；她生了我，又给我生了儿女，那是她的耻辱。但是，这一点我是知道的：

你是有意这样辱骂我，辱骂她，我却是不知不觉地娶了她的，并且无意谈论这件事。 987

我不该为了这婚姻或是那杀父事件而被称为罪人，你总是就那件事责备我。我只问你这一点，你回答说：如果此时此地有人要杀你——姑且说你是个正直的人，——你是先问那凶手是不是你的父亲，还是立刻向他报复？我以为，如果你爱惜你的性命，你就会向那罪犯报复，而不管合法不合法。我自己就是由于众神的引领而碰上了这样的祸事的。我认为，要是我的父亲复活了，他也不会反驳我的。 999

可是你——你并不是个正直的人，——你把任何事情，说得的，说不得的，都拿出来说，你就是这样当着他们的面骂我的。你趁机会恭维忒修斯大名鼎鼎，恭维雅典治理得如何如何好；可是在你这样全面地赞扬雅典的时候，你却忘记了一点，就是雅典比任何城邦更知道尊敬神；你却要把我这个年老的乞援人从这里架走；你曾经想抓住我，而且已经把我的女儿们掳走了。为此，我现在向这些女神呼吁，恳求她们前来帮助我，为我而战斗，好让你明白，这城邦是由什么样的人保卫着的。 1013

歌队长 国王啊，这客人是个好人；他的命运很苦，我们应当拯救他。

忒修斯 说话说够了；强盗正在溜走，而我们这些受害者却还在这里站着不动。

克瑞翁 你要叫我这个软弱无力的人做什么？

忒修斯 你带路，由我来护送[67]你；要是你把我们要寻找的女孩子们藏在这附近，你就自己给我指出来；但是，如果那些把她们抓在手里的人正在逃跑，那么我们就不必麻烦了；因为另外有人在追赶，他们跑不掉，不能从
1024 这里逃回去向众神谢恩。

你带路！你要知道，你捉人反而被人捉住了，命运使狩猎的人反而掉进了罗网；凡是用不正当的诡计弄到手的东西，都是保不住的。你干这件事，得不到别人的帮助；但是，我看得出来，你并不是没有同谋或是帮手，就这样胆大妄为；你干这件事，一定有一些你所信赖的人在背后支持你。对此我不得不留神，免得你独自一人就把这城邦打败了。我的意思你听懂了没有？你是不是把我现在所说的话和我们在你定计划的时候给你的警告
1035 都当作耳边风？

克瑞翁　你在这里想说什么，就说什么，我决不摘毛挑刺；可是等我回到家里，我就知道该怎么办。

忒修斯　你现在尽管威胁，可是你得往前走！

俄狄浦斯，请你安安静静待在这里；你要相信，除非我先死去，不把你的孩子们交到你手里，我决不罢休。

俄狄浦斯　忒修斯，你是个高尚的人，对我这样仗义关怀，愿上天保佑你！ 1043

忒修斯和众侍从押着克瑞翁自观众左方下。

六　第二合唱歌

歌队　（第一曲首节）敌人将要变换队形，立即投入战斗，
青铜武器将要铿锵作响，但愿我能观战，或许在皮提俄
斯海滩上[68]，或许在那举行火炬游行的海湾里，那里
有可畏的女神们为凡人看守着那庄严的教仪，祭司们，
欧摩尔波斯的儿孙，在他们嘴唇上安装了金锁[69]；我
猜想那挑战的忒修斯和那两个少女，那一对姐妹，很快
就会在那里，在我们的地界内，在胜利的欢呼声中彼此
1058 相逢。

（第一曲次节）也许他们正在骑着马飞奔，或者驾着快车逃跑，就要跑到俄亚[70]雪岭西边的草原上去了。

克瑞翁就要吃败仗！本地的武士的战斗精神是可畏的，忒修斯的侍从们的威力是可畏的！每一块嚼铁都在闪闪发光，所有的骑士都放松了缰绳，迅速奔驰，这些骑士所崇奉的是爱马的雅典娜和那环绕大地的海神，瑞亚的亲爱的儿子。[71] 1073

（第二曲首节）战事是就要爆发呢，还是已经打起来了？我心里预知，我马上就会见到那两个遭受了可怕的痛苦的、在亲戚手里遭受了可怕的虐待的女孩子。

就在今天，宙斯会促成一件大事；我就是这顺利的战事的预言者。我愿化作一只斑鸠，像风暴那样迅速，翔入那空际的云中，从高处放眼观战。 1084

（第二曲次节）神们当中的全能的神、无所不见的宙斯啊，请让这地方的保卫者以压倒的优势完成这胜利的袭击！愿你的女儿、那威严的帕拉斯·雅典娜也让他们完成！我还要恳求猎神阿波罗和他的姐姐，那追捕快腿的梅花鹿的女神[72]，给这地方和这里的市民以双重的援助。 1095

七　第三场

歌队长　漂泊的客人啊，你不会说你的守护者是个虚伪的预言者；因为我看见那两个女孩子由人护送，回到这
1098 里来了。

俄狄浦斯　在哪里？在哪里？你说什么？你说什么？

众侍从簇拥着安提戈涅和伊斯墨涅自观众左方上，忒修斯随上。

安提戈涅　父亲呀父亲，但愿有一位神让你看见这最高贵的人，是他把我们带到你这里来的。

俄狄浦斯　孩子们啊，你们果真回来了？

安提戈涅　回来了；是忒修斯和他的最亲密的侍从们救了我们。

俄狄浦斯　女儿们啊，快到父亲怀里来；让我拥抱你们，想

不到你们还能够回来。 1105

安提戈涅 你的心愿是可以满足的；这孝敬我们热心奉献。

俄狄浦斯 那么你们在哪里，在哪里？

安提戈涅 我们一块儿前来了。

俄狄浦斯 最可爱的孩子们啊！

安提戈涅 父亲总是爱自己的儿女的。

俄狄浦斯 我这老年人的依靠啊！

安提戈涅 苦命人依靠苦命人啊！ 1109

俄狄浦斯 我已经得到了我最亲爱的人；现在有你们两人在我面前，我就是死了，也不算是非常不幸了。孩子们啊，倚在我的两旁，抱住你们的父亲。我们方才的无依无靠、悲悲惨惨的漂泊结束了，你们尽量简短地把经过情形告诉我。像你们这样年轻的女孩子，简简单单说几句就够了。 1116

安提戈涅 我们的救星就在这里；父亲，事情是他做的，应当由他来讲给你听；我的话就是这样简短。

俄狄浦斯 朋友啊，如果我拖长同我这两个意外归来的孩子的谈话，请你不要见怪。我知道，我重享的天伦之乐是你给我的，不是别人；因为拯救她们的是你，不是别人。但愿众神按照我的心愿赐福给你，赐给你本人和这地方；因为我发现，这人间只有你们这里才有对神的虔敬、公正的精神和言而有信的美德。这些都是我亲眼得见的，我用这些话来表示我的谢意；因为我是靠了你而
1129 不是靠了别人才得到我的女儿们的。

国王啊，请把你的右手给我，让我摸摸；如果可以的话，我还要吻你的前额。我在说些什么哟！我现在这样倒霉，怎能希望你接触一个沾染了许多祸害的污点的人呢[73]？我不能怀有这样的希望，不能让你接触我。只有那些被卷入这灾祸的人，才能分担这苦难。请你就在那里接受我的敬礼；今后依然和今天一样给我以公道
1138 的照拂。

忒修斯 你为孩子们的归来而欢喜，即使你把话拖得很长，首先想听她们的话，而不想听我的，我也不会见怪的；真的，这一点也没有使我感到不高兴。使我一生有光彩的是行动，而不是言语。这句话我可以证实：老人家，我发过誓，并没有食言；我已经把姑娘们带回来了，她们还是活着的，并没有在敌人的威胁之下受到伤害。至于这一场战斗是怎样获胜的，在你和她们闲居的时候，

她们会告诉你的，我现在又何必夸夸其谈呢？

可是当我回来的时候，我偶然发现一个问题，要请你提供意见；说起来虽是件小事，可也是件怪事；一个人对什么事都不应该粗心大意。 1153

俄狄浦斯 埃勾斯的儿子，那是怎么回事？请你告诉我；你要问的事，我一点也不知道。

忒修斯 据说有一个人——不是你的同邦人，而是你的亲戚[74]，——不知他是怎样跑到波塞冬的祭坛前，坐在那里恳求的，那正是我上次来此之前献祭的地方。 1159

俄狄浦斯 他是什么地方的人？他坐在那里恳求什么？

忒修斯 我只知道这一点：有人告诉我，他要求同你谈两句话，不会太麻烦你的。

俄狄浦斯 谈什么？他那样坐着恳求，事情不小。

忒修斯 据说他只要求前来同你谈谈，并且平安地由原路回去。 1165

俄狄浦斯 那个坐在那里恳求的人到底是谁？

忒修斯 想一想你在阿耳戈斯有哪一位亲戚会向你提出这个要求。[75]

俄狄浦斯 最亲爱的朋友啊，别再说了。

忒修斯 怎么回事？

俄狄浦斯 别要求我——

1170 **忒修斯** 要求什么？快说呀！

俄狄浦斯 听了你方才的话，我就知道那个恳求者是谁了。

忒修斯 那个该受我责备的人到底是谁？

俄狄浦斯 国王啊，是我的可恨的儿子，他的话听起来最使我难受。

忒修斯 为什么？你不能听一听吗？不喜欢做的事，不是可

1176 以不做吗？听听他说话，为什么会使你难受呢？

俄狄浦斯 国王啊，他的声音最为他父亲所憎恨；请不要逼着我答应。

忒修斯 但是，如果他坐在那里恳求，逼着你答应[76]，你

1180 就得考虑考虑，不要对神不尊敬。

安提戈涅 父亲啊，请听我的话，我虽然年轻，也要进一句忠言。让国王心里满意，按照他的意愿讨神喜欢；看在我们的面上，让哥哥前来吧。请放心，凡是他所说的对你不利的话，都不能逼着你改变你的决心。听听他说话有什么害处呢？一个人存心不良，想干坏事，他一开口就会暴露。你是他的父亲；即使他对你最是忤逆不孝，

1191 父亲啊，你也不应当以怨报怨。

还是让他来吧；别人也有不肖的儿子，也有暴躁的脾气，但是他们听从劝告，朋友们的魅力改善了他们的性情。 1194

你不要看现在，且回顾一下你过去遭受的、你的父亲和母亲给你引起的灾难吧；只要你考虑考虑那些事，我相信，你就会明白，坏脾气会产生多么坏的结果。你已经失去了你的眼睛，再也看不见了，这件事不小，值得你仔细想想。

你还是答应我们的请求吧；让那些有正当要求的人再三请求是不对的；一个人受到人家的好处，不知报答，也是不对的。 1203

俄狄浦斯 孩子，你们已经说服了我，可是你们得到的快乐是用我的痛苦换来的；就照你们的意思办吧。（向忒修斯）只不过，朋友，如果他一定得来，可别让任何人成为我的生命的主宰。

忒修斯 老人家，这些话我不必听了又听，我并不想夸口；不过，你可以相信，只要神保佑我，你的性命准保安全。 1210

忒修斯偕众侍从自观众左方下。

八　第三合唱歌

歌队　（首节）在我看来，谁想活得更长久而不满足于普通的年龄，谁就是个愚蠢的人；因为那长久的岁月会贮积许多更近似于痛苦的东西；一个人度过了他应活的期限以后，你就会发觉他不再享有快乐了；那拯救之神对大家是一视同仁的，等冥王注定的命运一露面，那时候，再没有婚歌、弦乐和舞蹈，死神终于来到了。

（次节）一个人最好是不要出生；一旦出生了，求其次，是从何处来，尽快回到何处去。等他度过了荒唐的青年时期，什么苦难他能避免？嫉妒、决裂、争吵、战斗、残杀一类的祸害接踵而来。最后，那可恨的老年时期到了，衰老病弱，无亲无友，那时候，一切灾难中的灾难都落在他头上。

（末节）这不幸的人就是这样，不仅是我，像那个从各方面受到冬季波涛的冲袭的朝北的海角，他就是这样受到那可怕的灾难的猛烈冲袭，那灾难永不停息，有的来自日落的西方，有的来自日出的东方，有的来自中午的太阳的方向，有的来自幽暗的里派山。[77]

九　第四场

安提戈涅　父亲啊，我仿佛看见那客人向这里走来，他没有带侍从，他的眼泪有如泉涌。

俄狄浦斯　他是谁？

安提戈涅　就是我们心里先前想到的那个人；波吕涅刻斯到
1253 这里来了。

波吕涅刻斯自观众左方上。

波吕涅刻斯　哎呀！我该怎么办呢？妹妹们，我应当首先为自己的灾难，还是为我所见的、我的年老的父亲的灾难而悲叹？我看到他带着你们俩流落在异乡，他穿着这样的衣裳，恶臭的多年积垢贴在他的衰老的身上，损伤着他的肌肉，那没有梳理过的卷发，在他那没有眼珠的头

上随风飘动，好像他还携带着一些和这些东西相配搭的食物来填他的可怜的肚子。 1263

（向俄狄浦斯）这一切我知道得太晚了！我可以供认，由于疏忽了对你的奉养，我成了一个坏透了的人；你不必问别人，我是什么东西。但是，既然宙斯不论做什么事，都叫怜悯之神和他坐在一起，父亲啊，让她也站在你的身旁吧；过失是可以改正的，不至于铸成大错。 1270

你为什么不言语？父亲啊，你说说话吧！请不要扭过脸去！你不回答，一句话不说，就把我打发走，使我丢脸么？也不告诉我，你为什么生气么？

父亲的女儿们、我的妹妹们啊，请你们尽力使父亲改变他这冷酷无情的沉默，使他不至于一句话不回答就把我这个求神的人这样不光彩地打发走。 1278

安提戈涅　不幸的人啊，你自己告诉他，你来到这里，有什么要求。滔滔不绝的话语也许会使人愉快，也许会使人烦恼，也许会使人发生怜悯之情，使那些不说话的人也说说话。 1283

波吕涅刻斯　你对我的劝告好得很，那我就说吧。首先一点，我求得神的援助，因而这地方的君主叫我从祭坛前起身到这里来，允许我同你谈话，并保证我平安地回去。老乡们，我希望能从你们这里、从我的妹妹们这里、从我的父亲这里得到这个保证。我现在愿意告诉
1291 你，父亲，我为什么而来。

我已经被驱逐出祖国，成了一个流亡人；因为我曾经以长子的身分要求登上你的王位。为此，厄忒俄克勒斯，他虽然是次子，却把我驱逐出境；他既没有在辩论中驳倒我，也没有在比武中胜过我，只是煽惑了城邦。我认为很可能你所承受的诅咒是这件事情的祸根；我从预言者们那里也听见了这个说法。我去到了多里斯岛的阿耳戈斯，娶了阿德剌斯托斯的女儿，于是阿庇亚[78]地方许多因战争而闻名的首领同我结成了盟友，我在他们的帮助下，召集了七队矛兵，组成一支攻打忒拜的部队，我愿为正义而死，或是把那个放逐
1307 我的人驱逐出境。

且说我现在为什么到这里来。父亲啊，我向你发出乞援人的恳求，这是为我自己好，也是为我的战友们好。他们正在拿着七支矛，带着七队人围攻整个忒拜平原。其中有善于投枪的安菲阿刺俄斯，他是第一流的战

士、第一流的预言者[79]；第二个是俄纽斯的儿子堤丢斯，他是埃托利亚人[80]；第三个是厄忒俄克罗斯[81]，他是阿耳戈斯人；第四个是希波墨冬，他是由他父亲塔拉俄斯派来的[82]；第五个是卡帕纽斯，他声称要放火烧忒拜城，把它夷为平地[83]；第六个向前冲的，是阿耳卡狄亚人帕忒诺派俄斯，他是阿塔兰忒的真正的儿子，他的名字来自这个原来不嫁人的处女，这女子终于做了母亲，生下了他[84]；最后一个是我，我是你的儿子，若不是你的儿子，便是厄运的儿子，但至少在名义上是你的，我率领大无畏的阿耳戈斯军队去攻打忒拜。

父亲啊，我们全体凭你的女儿们和你的生命恳求你，在我去向那个驱逐我出境、夺去我的国土的弟弟报复时，请你平息你对我的强烈的愤怒；因为据神示说，如果神示是可信的，你加入哪方，哪方就能获胜。

因此我现在凭我们的水泉[85]和我们的家族之神请求你答应我；因为我是个乞丐和流亡人，你也是个流亡人；你我同命，都是要恭维别人才能得到栖身之地；而他却是在家为王，哎呀，他高傲地嘲笑你，也嘲笑我，只要你和我同心协力，费不了多少事和时间，我就能打得他溃不成军；等我用武力把他驱逐出境，我就接你回去，让你住在自己家里，我也住在那里。只要你有这共同的愿望，我就可以这样夸口；可是没有你帮助，我甚至不能生还。

歌队长 看在那打发他来的人[86]面上，俄狄浦斯，你给这
1347 人说几句应当说的话，再把他送走吧。

俄狄浦斯 朋友们，这地方的保卫者们啊，若不是忒修斯把他送到我这里，让他听听我说话，那么，我决不让他听到我的声音。现在他有幸听一听，从我这里听到这绝不
1353 会使他一生感到愉快的话。

（向波吕涅刻斯）坏透了的东西，当初你保持着那现在为你弟弟在忒拜占有的王杖和王位时，你把我，你自己的父亲，赶了出来，使我成了一个流亡人，穿上这一身你现在看了也流泪的衣裳；如今你和我一样，跌到了这同样的苦难里。我倒不哭了；我活一天就得忍耐一天，永远牢记着你这凶手；因为是你使我遭受苦难的，是你把我赶出来的；由于你干的好事，我才到处漂泊，向人行乞，求得每日的吃喝。若是没有这两个女儿侍奉我，那么，依靠你们，我早就死了；好在她们现在救了

我，她们是我的侍奉者，她们和我共甘苦，她们是男
儿，不是女娃；你们却是别人生的，不是我生的。 1369

因此，如果这些队伍真是向忒拜城移动，厄运就
会盯着你，虽然现在还不像将来那样凶狠。你不但攻不
下那都城，而且会沾染血污，首先倒下，你弟弟也是一
样。我从前曾经对你们俩发出这样的诅咒[87]，我现在请
诅咒之神前来为我作战[88]，好使你们知道孝敬父母[89]，
不要因为那生了你们这样的儿子的父亲是个瞎子而侮辱
他；这两个女孩子可没有这样做。只要那自古闻名的正
义之神按照古老的习惯同宙斯坐在一起，我的诅咒便会
压倒你的座位和你的王位[90]。 1382

你滚吧，我憎恨你，不认你作儿子！坏透了的东西，你带着这些诅咒走吧，这是我给你召请来的；你绝不能征服你的家族的土地，也回不到那群山环绕的阿耳戈斯；你将把那驱逐你的人杀死，你自己也将死在亲人的手里。我就是这样诅咒的；我请塔耳塔洛斯里的父亲，那凄惨的黑暗，把你带到他家里去[91]，我还要邀请这些女神[92]，邀请战神，他曾经激起你们两人的深仇大恨。我的话说完了，你滚吧，去向全体卡德墨亚人和你

自己的忠实的战友们宣布，说俄狄浦斯已经把这样的礼
1396 物分配给他的儿子们了。

歌队长 波吕涅刻斯，你这次前来，一点也不使我喜欢，现
1398 在赶快退回去！

波吕涅刻斯 哎呀，我的旅行啊，我的不幸啊！哎呀，我的
战友们啊！我们从阿耳戈斯出发行军，会得到什么样的
结果啊！哎呀！我不能把这样的结果告诉任何战友，也
1404 不能叫他们退兵；我只好默不作声，去迎接这个命运。

父亲的女儿们，我的妹妹们，既然你们听见父亲
发出这严厉的诅咒，看在天神分上，倘若他的诅咒应验
了，而你们又回到了家里，请你们，看在天神分上，不
要不尊重我，而是把我埋葬，为我尽丧葬之礼[93]。那
么，除了你们现在由于为父亲效劳而博得的赞扬之外，
1413 你们还将由于为我出力而博得另一个不相上下的赞扬。

安提戈涅 波吕涅刻斯，我求你听我的话。

波吕涅刻斯 最亲爱的安提戈涅，你要我做什么？说吧！

安提戈涅 赶快把军队撤回阿耳戈斯，别毁了你自己和你的
1417 城邦。

波吕涅刻斯 不行。我一畏缩，怎么能统率这支军队呢？

安提戈涅　年轻人，你何必又生气？把你的祖国毁了，于你又有什么好处呢？

波吕涅刻斯　流亡是一件可耻的事；我身为长兄，却被弟弟这样嘲弄，使我蒙受耻辱。 1423

安提戈涅　父亲说，你们两人会自相残杀而死，难道你看不出你是在促使这预言应验么？

波吕涅刻斯　那是他的愿望；我可不能让步。

安提戈涅　哎呀！谁听了他发出的预言，还敢跟随你呢？

波吕涅刻斯　我才不报告坏消息哩；一个高明的将军只讲优势，不提弱点。

安提戈涅　年轻人，那么，你是下定决心了吗？ 1431

波吕涅刻斯　是的，你不必阻拦我。这条道路我是走定了的，即使我父亲和他的报仇女神们使它成为一条不幸的凶险的道路；愿宙斯使你们两人的前途无限光明，只要你们在我死后，为我尽丧礼；在我活着的时候，你们再也不能为我出力了。现在放了我，永别了。你们再也看 1438
不见我活在世上了！

安提戈涅　哎呀！

波吕涅刻斯　不必为我悲伤。

安提戈涅　哥哥啊，你冲向那预知的死亡，谁能不为你悲伤呢？

波吕涅刻斯　如果命该如此，我就死。

安提戈涅　你不必死，听我的劝告吧！

波吕涅刻斯　没有必要，就不必劝我。

安提戈涅　我多么不幸，如果我必须失去你！

波吕涅刻斯　那要看命运，看我是战死还是生还。我为你们向神祈祷，愿你们无灾无难；在大家看来，你们是不应当受罪的。

波吕涅刻斯自观众左方下。

歌队　（哀歌第一曲首节）这新的灾祸适才从这瞎眼客人的嘴里传到了我的耳里，但也许是厄运来临；我不能说，神的判决是一句空话。时间总是在紧盯着、紧盯着那些判决，它毁掉一些人的命运，到来朝又使另一些人显赫高升。

雷声。

天上响雷了，宙斯啊！（本节完）

俄狄浦斯　孩子们呀孩子们！若是这里有人，希望他去把最高贵的忒修斯请来。

安提戈涅　父亲，为什么把他请来？

俄狄浦斯　宙斯的有翼的霹雳立刻就要把我送往冥土[94]。赶快派人去！ 1461

雷声。

歌队　（第一曲次节）听呀，这霹雳轰隆隆地劈下来，越来越响亮了，难以形容。这是宙斯扔下来的。恐惧使我的发尖竖起来！

雷声。

我心惊胆战，因为电光又在天上闪闪发亮。啊，这是什么预兆？我心里害怕，因为它不会白白地冲下来，一定会有严重的事要发生。苍天啊！宙斯啊！（本节完） 1471

俄狄浦斯　女儿们啊，我的注定的末日临头了，这是在劫难逃啊！

安提戈涅　你是怎么知道的？是什么预兆告诉你的？

俄狄浦斯　我知道得很清楚；我求你叫哪一位快去把这地方的君主请来。 1476

雷声。

歌队　（第二曲首节）听呀！又一声震耳的霹雳在我们周围作响！天神啊，如果你要降下什么不幸的事件到我们祖国的土地上，请你手下留情，手下留情！但愿我看到你大发慈悲，不要因为我碰上了一个罪人，就使我得到一份不利的报酬；宙斯啊，我的主啊，我向你呼吁！（本节完）

俄狄浦斯 国王到了没有？孩子们，他能不能趁我还活着，趁我的神志还没有昏迷，就和我见面？

安提戈涅 你心里有什么事要托付他？

俄狄浦斯 为了报答我受到的恩惠，我要把我受到恩惠时许下的报酬送给他。

歌队 （第二曲次节）喂，喂，年轻人，快来呀，快来呀！即使你是在溪谷的最深处，为了祭祀海神波塞冬，在他的神坛上奉献牺牲，也请快来！因为这客人认为他应当酬谢你本人、你的城邦和你的人民，他要恰如其分地报答他受到的恩惠。国王啊，快来呀，快来呀！（哀歌完）

忒修斯偕众侍从自观众左方急上。

忒修斯 为什么这呼声又从你们那里，清清楚楚从市民那里，也从客人那里传来？难道是宙斯的霹雳，或是阵雨里的冰雹袭击了你们？当天神降下这样的暴风雨时，一

切灾难都可能出现。 1504

俄狄浦斯 国王，你的到来正合我的心愿，这是神使你一路顺风。

忒修斯 拉伊俄斯的儿子啊，方才又发生了什么事情？

俄狄浦斯 我的生命正处在垂危之际；我所答应的事，我希望在临死之前办妥，不至于失信于你和你的城邦。

忒修斯 什么征兆使你相信你的末日到了？ 1510

俄狄浦斯 神们亲自来报信了，他们预先安排的信号是可靠的。

忒修斯 老人家，怎么能说有这个表示？

俄狄浦斯 霹雳响了又响，从那无敌的手中投出来的电光闪了又闪。

忒修斯 你说服了我；我发现，你所预言的许多事都没有差错。那么，你说，我该怎么办？ 1517

俄狄浦斯 埃勾斯的儿子啊，我要把时间不能毁灭的宝物指点给你，你可以为这城邦把它保藏起来。我自己，无须人引领，立刻就能到我应死的地点去。你不要把那地点告诉任何人[95]，不要说那宝物是藏在哪里的，也不要说是在什么地方；这样，它就可以永远保护你，胜过许

1525 多盾牌和邻邦的戈矛。

至于那些不许吐露的秘密，等你独自一人到了那
里，你就会明白的；我不能把它泄露给这些人当中的任
何人，也不能泄露给我自己的孩子们，虽然我很爱她
们。但是你要永远保守这个秘密，到了你生命的末日，
才把它单单口传给你的长子，再由他转告他的继承人，
1532 这样一直传下去。

这样，你就可以住在这城邦里，不受龙的后人[96]
侵袭。多少城邦动辄侮辱它们的领邦[97]，尽管那是治
理得很好的；因为如果有人不敬神，变得很狂妄，神们
总是在拖延时间[98]，虽然他们终于会惩罚他。埃勾斯
的儿子啊，你可不要遭遇这样的命运。尽管这种事你是
1539 懂得的，我还是要告诫你。

我们现在就到那地方去，别再迟延，因为神的召唤正在催促我。

俄狄浦斯向背景走去。

女儿们，跟着我朝这边走；看来也奇怪，我现在反而给你们领路，就像你们先前给父亲领路一样。来吧，不要碰我，让我自己去找那神圣的坟墓，我命中注定要

埋葬的地方。 1546

朝这个方向，朝这边，朝这个方向走；因为护送神
赫耳墨斯和冥土的女神[99]正朝着这个方向给我引路。 1548

这不算阳光的阳光啊，从前你曾经是我的，现在我
的身体最后一次接触到你；因为我就要去结束我的生命，
藏身于冥府[100]。最亲爱的朋友啊，祝福你，祝福你的
城邦，祝福你的人民；你们在快乐的日子里，要念及死
去的我，那你们就会永远幸福。 1555

俄狄浦斯自景后下，安提戈涅、伊斯墨涅、忒修斯和众侍从随下。

十　第四合唱歌

歌队　（首节）如果我可以向那不可见的女神[101]和你祈
祷，表示敬意，冥间的鬼魂的神啊，冥王啊冥王[102]，
我求你让这客人不感受痛苦，不经过使人流泪的死亡，
就到达下界死者的幽暗的平原，到达斯提克斯[103]河
畔的住所。多少灾难平白无故地落到了他身上，但愿有
1567 一位公正的神扶助他。

（次节）下界的女神们[104]啊！你这凶猛的走兽[105]
啊！你躺在那迎接众宾的大门内的狗窝里，人们常说冥
间有一个野性难驯的看守者在那洞口咆哮。地神和塔耳
塔洛斯的儿子[106]啊，我求你叫它在这客人前往死者的
1578 地下的平原时，为他让路；我求求你，长眠的赐予者。

十一　退场

报信人自景后上。

报信人　市民们，我的消息，简简单单地说，就是俄狄浦斯去世了；但是那故事不是三言两语说得完的，那里发生的事情不简短。 1582

歌队长　那不幸的人已经去世了吗？

报信人　你要相信，他已经离开了尘世。

歌队长　他是怎样死的？那不幸的人是不是由于神的佑助无痛而终的？ 1585

报信人　你猜中了这惊人的事情。至于他怎样从这里动身，你既然在这里，自然是知道的；他不但不要朋友领路，反而给我们大家领路。 1589

他走到那陡峭的有铜阶通往地下的门槛前面，那里有许多岔道，他停留在其中一条上，靠近那杯形的石坑——忒修斯和珀里托俄斯的忠实的盟约永远保留在那坑里[107]。他站在那石坑与托里科斯石头之间，站在中空的野梨树与白云石坟墓之间[108]，然后坐下，脱去他
1596 的脏衣服。

他然后呼唤他的女儿们，吩咐她们从流泉里汲水来作沐浴和祭奠之用。她们便去到那保护青苗的得墨忒耳的、近在眼前的山冈上[109]，一会儿就把她们父亲叫她们去汲的水运来，跟着就给他沐浴，并且按照习惯给他
1603 穿上寿衣[110]。

她们的一切效劳都使他喜欢，他的心愿全都满足了，那时，地下的宙斯[111]发出雷声，那两个姑娘听了吓得发抖，扑倒在父亲的膝上哭，不住地捶打胸膛，
1609 长吁短叹。

他听到她们突如其来的哀啼，便用双手抱着她们说道：“孩子们啊，你们从此没有父亲了。我现在一切全完了，你们再也不用担当这奉养我的苦事了，孩子们，我知道得很清楚，那是很不轻松的；但是只需一个字就

可以抵消一切的辛苦：这就是爱，你们从我这里得到的爱，胜过你们从任何人那里得到的；可是你们就要成为孤儿，这样度过你们的一生。” 1619

他们就这样互相紧抱在一起，父女们同声哭泣。等他们哭到末了，万籁无声，一片寂静；突然有一个声音高声呼唤他的名字，我们一害怕，大家的头发都由于恐惧立刻竖了起来；是神一再用各种音调召唤他：“喂，喂，俄狄浦斯，我们为什么迟迟不走？你耽搁得太久了！” 1628

他知道是神在召唤他，就邀请这地方的国王忒修斯到他跟前去；国王走到他面前时，他就对他说：“朋友啊，请你把发誓的右手递给我的孩子们——女儿啊，你们也把右手递给他，——请你保证，决不故意抛弃她们，而是好心好意地去做于她们有益的事。”国王正像一个高贵的人那样，忍住眼泪，发誓答应了客人的要求。 1637

忒修斯答应之后，俄狄浦斯便用盲人的手摸着他的孩子们，对她们说道：“孩子们啊，你们要显示你们的高贵精神，鼓起勇气离开这地方，别要求看那不该看的事，听那不该听的话。走吧；只让忒修斯一人留下来，

1644 他将看到这些即将发生的事。”

他这些话我们大家都听到了；我们哭得泪如泉涌，跟着那两个姑娘离开了那里。我们走了一程，回过头去，再也看不到那人在什么地方了，只看到国王一人用手捂着脸，遮着眼睛，仿佛有什么不忍心看的恐怖现象出现了。过了一会儿，我们看到他在祷告，同时还向大
1655 地和众神的奥林匹斯山[112]致敬礼。

至于这客人是怎样死的，除了忒修斯而外，没有人知道。并不是神的带闪电的霹雳，也不是海上吹来的飓风把他的生命结束的；若不是众神派来的护送者[113]把他接走的，便是死者的世界，大地的基础，慈祥地裂开来使他无痛而终的；他这一去，没有什么可以悲伤的，他没有病痛，死得比别人神奇。如果有人认为我说的是
1666 蠢话，我并不强求那些说我愚蠢的人的信任。

歌队长 可是那两个姑娘和护送她们的朋友们在哪里？

1669 **报信人** 她们落下得不远，那哭声清清楚楚表示她们到了。

安提戈涅和伊斯墨涅自景后上。

安提戈涅 （哀歌第一曲首节）唉，唉，哎呀！现在该我们、该我们两个不幸的姐妹来悲叹那来自我们父亲的血液

所承受的诅咒！他在世时，我们无休无止地忍受着长期的痛苦；到头来，还得由我们来述说这弄不清楚的现象[114]和痛苦。 1676

歌队 发生了什么事？

安提戈涅 朋友们，我们只能猜想。

歌队 他已经去世了吗？

安提戈涅 完全如你所希望的。怎么不是呢？他不是死于战争，也不是死在海上，而是一种神秘的死亡把他带到了那幽暗的原野上。哎呀，那毁灭一切的黑夜降临到我们两人的眼前，当我们漂泊在遥远的大地上或大海的波涛上的时候，我们怎样才能觅得我们的艰苦生活？ 1687

伊斯墨涅 我不知道。但愿那杀人的冥王使我同我的老父亲死在一起！我未来的生活实在过不下去了。

歌队 你们姐妹俩是多好的孩子啊，神注定的命运你们必须忍受，不要太悲伤了；你们的遭遇没有什么可以抱怨的。 1695

安提戈涅 （第一曲次节）甚至苦难也叫人留恋，那时候，我把他拥抱在怀里，不快乐也快乐啊！父亲呀，亲爱的父亲，你永远穿上了冥土的黑衣裳；即使你埋在地下，我和她依然爱你。 1703

歌队　他已经满足了——

安提戈涅　满足了他的心愿。

歌队　是怎样满足的？

安提戈涅　他死在异邦，他心爱的土地上，永远躺在地下的阴凉的床上；他身后享受的哀悼也不缺少眼泪。因为，父亲呀，我这流泪的眼睛正在为你而痛哭，唉，我不知怎样才能忍住这因你而引起的沉重的悲哀？哎呀！你如愿地死在这异邦的土地上，可是当时我却不能留在你的身旁[115]。

伊斯墨涅　真是不幸啊，亲爱的姐姐，这样失去了我们的父亲……还有什么样的命运等待着我和你？

歌队　但是，亲爱的孩子们，既然他愉快地结束了他的生
1723 命，你们就不要再悲伤了！人人都有难以避免的灾难。

安提戈涅　（第二曲首节）亲爱的妹妹，我们赶快回到那里去吧！

伊斯墨涅　去做什么？

安提戈涅　我心里想——

伊斯墨涅　想什么？

安提戈涅　想看看那地下的住所——

伊斯墨涅　谁的？

安提戈涅　唉！我们父亲的。

伊斯墨涅　怎么可以看呢？难道你不明白？

安提戈涅　你为什么这样责备我？ 1730

伊斯墨涅　难道你连这个也不知道？

安提戈涅　这又是什么？

伊斯墨涅　他死后连坟墓都没有，也没有人在场。

安提戈涅　还是把我带去，让我也死在那里。

伊斯墨涅　唉，唉！真可怜，我现在这样孤苦伶仃，无依无靠，到哪里去过不幸的生活？ 1736

歌队　（第二曲次节）亲爱的孩子们，你们别害怕。

安提戈涅　可是，我往哪里躲避呢？

歌队　你早已躲避了——

安提戈涅　躲避了什么？

歌队　躲避了你们的厄运，无灾无难了。

安提戈涅　这个我心里明白。

歌队　那么，你还有什么心事？

安提戈涅　不知怎样才能回到家里去。

歌队　别打算回去了。 1743

安提戈涅　苦难缠住了我们。

歌队　它从前也困扰过你们。

安提戈涅　那时候我们已经没有办法，现在更是困难了。

歌队　你们遇到的是一大海的灾难。[116]

安提戈涅　唉，唉！宙斯啊，我们往哪里去？命运今天会给
1750 我们带来什么样的希望？（哀歌完）

忒修斯偕众侍从自景后上。

忒修斯　孩子们，别哭了！地下神祇的恩典已经是我们共同所有。因此不应当哭；啼啼哭哭会激起神们的愤怒。[117]

安提戈涅　埃勾斯的儿子啊，我们跪下求你。

1755 **忒修斯**　孩子们，你们有什么要求？

安提戈涅　我们想亲眼看看我们父亲的坟墓。

忒修斯　那是不可以看的。[118]

1759 **安提戈涅**　国王啊，雅典的君主啊，你为什么这样说？

忒修斯　孩子们啊，他曾经嘱咐我，不让人走近那地点，对着那神圣的坟墓，他安睡的地方，发出声音。他说，这件事只要我做得到，就可以保证这地方永无忧患。那位天神和那位无所不听的监誓神[119]，宙斯的侍者，都听
1767 见我发誓答应了。

安提戈涅 如果这是他的心愿，我们就该满足了。但请你把我们送回那古老的忒拜[120]，也许我们还能阻止那威胁着我们的哥哥们的屠杀。 1772

忒修斯 这件事好办；一切事情，只要做起来于你们有益，并且能使那刚刚去世的、地下的朋友喜欢，都是我义不容辞的。 1776

歌队长 你们停止吧，别再哭了，因为一切都是神的安排。 1779

安提戈涅、伊斯墨涅、忒修斯、众侍从和报信人自观众右方下。歌队自观众右方退场。

注　释

［1］ 阿波罗（Apollon）神曾经预言忒拜城的国王拉伊俄斯会死在他儿子手里。后来拉伊俄斯生了俄狄浦斯，便叫人把婴儿扔在喀泰戎（Kithario）山上。科林斯（Korinthos）城的国王波吕玻斯（Polybos）收养这弃婴，立他为太子。俄狄浦斯成人后，有人说他不是波吕玻斯的亲生儿子，他便去问阿波罗。阿波罗说他命中注定会杀父娶母。他听了以后不敢回家，向忒拜走去。路上和一个老年人争路，把那人打死了，哪知那人就是他的生身父亲。当时有一个人面狮身的怪兽出了一个谜语给忒拜人猜，所有猜不中的人都被它吃了。俄狄浦斯到了忒拜，猜破了谜语，拯救了忒拜，忒拜人因此立他为王，把王后嫁给他。那王后便是他的母亲，为他生了二男二女。他终于发现他杀父娶母，便自己弄瞎了眼睛。俄狄浦斯后来被放逐出国。安提戈涅逃到国外伺候她的父

亲。俄狄浦斯的次子厄忒俄克勒斯（Eteokles）曾经夺得王位，把他的长兄波吕涅刻斯放逐出国。波吕涅刻斯去到阿耳戈斯（Argos，一译亚各斯）城，在那里娶了国王阿德剌斯托斯（Adrastos）的女儿阿耳革亚（Argeia）为妻。这时候，他正在率领外邦军队，回国来争夺王位。

[2] 古雅典剧场人物上下场的习惯是：从市场里（亦即城里）或海上来的人物自观众右方上，从乡下来的人物自观众左方上；下场亦如此。俄狄浦斯是从西北方进入雅典的领土阿提卡（Attika）的，本应自观众右方上，但按照习惯，还是自观众左方上。

[3] 俄狄浦斯发现自己身世时，他本人约四十岁，他的子女约十来岁。到现在，过了二十年左右，他已是六十岁左右的人了。

[4] "女儿们"指三位报仇女神，她们头缠毒蛇，眼滴鲜血，形象可怕。

[5] 俄狄浦斯不知道这些女神是什么神。黑暗神还有别的女儿们，如刻瑞斯（Keres）三姐妹和三位命运女神摩赖（Moirai）。

[6] "慈悲女神"原文作"欧墨尼得斯"（Eumenides）。本地人不敢得罪这些可畏的报仇神，给她们起了这个好听的名字。"无所不见"，意思是：一切罪恶都逃不过她们的眼睛。她们惩罚犯了不孝父母、不敬老人、发伪誓、不接待客人、不救乞援人、杀人等罪行的人。

[7] 阿波罗曾经预言，俄狄浦斯走到威严的女神们的圣地上时，

他可以得到生命的归宿。

[8] 波塞冬（Poseidon）是克洛诺斯（Kronos）和瑞亚（Rhea）的儿子，是宙斯（Zeus）的哥哥，为海神。他曾和雅典娜（Athena）竞争，要做雅典城的守护神。他拿出一匹战马，雅典娜却拿出一棵象征和平的橄榄树。雅典人爱好和平，就把这都城献给了雅典娜。波塞冬后来成为科罗诺斯乡区的守护神。

[9] 普罗米修斯（Prometheus）是伊阿珀托斯（Iapetos）的儿子。伊阿珀托斯是乌剌诺斯（Ouranos）和该亚（Gaia）的儿子，弟兄姐妹十二个神都叫作“提坦”（Titan）。这些提坦的子女也被称为提坦。普罗米修斯曾经窃取天上的圣火送给凡人，因此受到宙斯惩罚，被缚在高加索（Kaukasos）山上。他被释后，手里依然举着一支火炬。他的神坛立在科罗诺斯南边的柏拉图（Platon）讲学的学园里。

[10] “铜门槛”大概指圣林内的一个石洞，古希腊人认为那是通冥界的入口。“支柱”含有支持、保护等义。此地通冥界，可以获得下界神祇的保护。这原字本是俄狄浦斯未来的坟墓的名称，因为俄狄浦斯的遗骨可以保证雅典城的安全。

[11] 说时指着场中的科罗诺斯雕像。科罗诺斯是这乡区的氏族的远祖，他的称号叫作“骑士”。据说波塞冬曾经把他的马送给这个氏族，这一族人首先学会了骑术。

［12］ 科罗诺斯乡区在雅典西北部，距城约两公里，是索福克勒斯的家乡。诗人借这剧来歌颂他的家乡，这地方便从此闻名。

［13］ 意思是：他们采用君主制，还是民主制？

［14］ 埃勾斯是潘狄翁（Pandion）的儿子。他曾经误认为他的儿子忒修斯已经死在克里特（Krete）岛上，因此投海而死。这个海便由他而得名，叫作“埃勾斯海”（惯译作“爱琴海”）。

［15］ “阿波罗”原文作“福玻斯”（Phibos），福玻斯是阿波罗的别名。阿波罗是宙斯和勒托的儿子，为预言神。

［16］ 雷电是宙斯特有的武器。宙斯是克洛诺斯和瑞亚的儿子，为最高的神。

［17］ 这三位报仇女神享用的奠品只是水、蜜、乳的混合液，里面不搀酒。

［18］ 帕拉斯（Pallas）是雅典娜的别名。

［19］ 指安提戈涅。

［20］ 调缸分杯形和壶形两种，此处指的是壶形调缸。圣林里的祭奠人把蜜搀在水里，作为奠品。

［21］ 抄本残缺。

［22］ 拉布达科斯（Labdakos）是忒拜第二代国王波吕多洛斯（Polydoros）的儿子。他是拉伊俄斯的父亲、俄狄浦斯的祖父。

[23] 俄狄浦斯从前在三岔路口遇到一个乘车的老年人。车前的传令官命令他让路，那老年人也从车上同样地命令他。驾车人把他推到路旁，他便向驾车人打去。车子经过他身边时，车上的老年人便用赶马的刺棒向他当头打来，结果反被他打死了。

[24] 俄狄浦斯出生才三天，他的父母就叫人用铁钉钉住他的双脚（因此他的脚后跟是肿的，他的名字的意思就是“脚肿的人”），把他遗弃在山中。

[25] 埃特那（Aitna）是西西里岛上的火山。西西里以产马闻名。

[26] 帖萨利亚（Thessalia）是一个大平原，在希腊东北部。

[27] 这句话很容易使当日的雅典观众想起俄狄浦斯这两个女儿和他本人是同胞。

[28] 卡德墨亚（Kadmeia）人即忒拜人。宙斯有一次化成牛，把卡德摩斯的姐妹欧罗巴（Europa）拐走了。卡德摩斯找不到他的姐妹，便去问阿波罗，阿波罗叫他追随一头母牛，在牛累死的地方建立一个城市。他因此建立了卡德墨亚，即忒拜城。

[29] “灾祸”指拉伊俄斯惹出来的“诅咒”。拉伊俄斯爱上珀罗普斯（Pelops）的儿子克吕西波斯（Krysippos），把他拐走了。克吕西波斯一离家便自杀了，珀罗普斯因此诅咒拉伊俄斯不得好报。这诅咒世

代相传，害了拉伊俄斯和他的儿孙。

[30] 根据一般传说，厄忒俄克勒斯是长子，波吕涅刻斯是次子。诗人有意把他们的长幼颠倒过来，这样，波吕涅刻斯兴兵攻打祖国自然不对，但是厄忒俄克勒斯身为弟弟，却霸占了长兄的继承权，也就无礼，因此俄狄浦斯对他们两人的诅咒是很公平的。

[31] 阿耳戈斯平原在希腊南半岛伯罗奔尼撒（Peloponnesos）东北部。

[32] 俄狄浦斯原以为伊斯墨涅带来的神示抵消了那旧日的神示，意即阿波罗改变了主意，让他回国，或让他死后归葬故乡。如今听了伊斯墨涅所说的话，他才明白，新旧神示意思相同，也就是说，他依然会死在国外，因此他大为生气。

[33] 暗指日后忒拜人会来攻打雅典，并且会在俄狄浦斯坟地附近吃败仗。公元前五世纪末叶希腊内战时期，忒拜站在斯巴达那边，使雅典人吃过许多苦头。诗人却反过来说，以讨好雅典观众。

[34] 得尔福（一译德尔斐）在佛西斯（Phokis）境内，位于科林斯海湾北岸，是福玻斯·阿波罗颁发神示的地点。

[35] “忒拜”原文作“忒柏”（Thebe）。忒柏是一个仙女的名字，后来成为忒拜城的名字。“忒拜”是“忒柏”的复数，因为这个城市是由几个部分组成的。

［36］ 对于激起公愤的人，群众可以用石头将他砸死，这种惩刑叫作“石击刑”。

［37］ 第一二两壶装泉水，每壶水只奠一部分，第三壶装加蜜的泉水，完全奠光。

［38］ 这本是一句好话，但出自伊斯墨涅之口，却使观众产生一种不好的印象。她住在家里，日子过得很舒服，很少为她父亲效劳。她这次去祭神，却这样小题大做，一方面表示自己辛苦，一方面教训她姐姐。

［39］ 歌队不好说“把你母亲放在你的床榻上”，因而采取这种委婉的说法。

［40］ 那狮身人面的怪兽打过一个谜语给忒拜人猜，那谜语问什么动物有时四只脚，有时两只脚，有时三只脚，当它只有两只脚时，它的力量最强大。俄狄浦斯解答对了，说是“人”，那怪兽便羞愧自杀了。忒拜当时王位正空虚着，老国王拉伊俄斯赴得尔福去求神示，问他从前抛弃的婴儿（即俄狄浦斯）到底死了没有，一去就没有回来。忒拜人为了感谢俄狄浦斯，把王位送给他，把王后也嫁给了他。“礼物”指王位。俄狄浦斯的意思是说，他接受了王位，附带接受了一个新娘。

［41］ 埃勾斯曾经去问阿波罗，要怎样才能生个儿子。阿波罗告诉他，在回家的路上，不要解开酒囊上伸着的腿。他不了解这神示的意

思，便去问特洛曾（Troizen）国王庇透斯（Pittheus），庇透斯懂得这神示的意思，就是叫埃勾斯在回家路上，不要同女人发生关系。庇透斯因此叫他的女儿埃特拉（Aithra）和埃勾斯发生关系，埃特拉因此生了忒修斯。忒修斯本不知他父亲是谁，后来他母亲给了他两件证物，叫他到雅典去认父亲。忒修斯不避危险，取道陆路。一路上同强盗和怪物争斗，克服一切艰险，抵达雅典。

[42] 意思是，只要忒修斯答应把他的尸首埋在这里，忒修斯自然会保护他。

[43] 指歌队中的长老们。

[44] 从忒拜到雅典通常走陆路，尽管东边有一道很长的海峡。诗中所说的“海”仿佛是指那海峡，其实是指“艰难之海”，意即忒拜人若是攻打雅典，他们会碰上一大海的困难。

[45] 一般注释者都说，科罗诺斯的土壤是白垩土壤，所以歌中用“亮晶晶的”一词来形容。

[46] 狄俄倪索斯（Dionysos）是酒神。他母亲塞墨勒（Semele）是忒拜国王卡德摩斯的女儿，被宙斯爱上了。她请求宙斯现出本相，宙斯不得已以雷电之神的形象出现，把她烧死了，但她腹内的胎儿却被宙斯救活了。这孩子是由倪萨（Nysa）的仙女们养大的，这些仙女后来成为酒神的伴侣。

［47］“水仙花”原文作“那耳喀索斯”（Narkissos），有人说是百合花。“两位伟大的女神”指农神得墨忒耳（Demeter）和她的女儿珀耳塞福涅（Persephone）。珀耳塞福涅有一次在野外采花，正采到水仙花时，被冥王劫走了。在希腊神话里，水仙花象征死的来临，它有一种令人麻醉的香气，花的颜色是白的。神话中有一个名叫那耳喀索斯的美男子，厄科（Ekho，意思是“回音”）爱上了他，但是那耳喀索斯不理她，她便一天天憔悴下去，最后只剩下了回音。那耳喀索斯后来在泉水上面看见了自己的影子，由于爱上了那影子而憔悴，后来化成了水仙花。

［48］“花朵”原文作krokos，一般译作“番红花”或“藏红花”，这两个花名用在希腊人的作品中都不合适。

［49］刻菲索斯（Kephisos）河经过雅典西郊，南流入海。

［50］“文艺女神们”原文作“穆赛”（Mousai，单数作Mousa，惯译作缪斯），一共九位。阿佛洛狄忒（Aphrodite）是司爱与美的女神，传说她曾取刻菲索斯河的水来灌溉田园。

［51］“亚细亚”指小亚细亚。“岛”指伯罗奔尼撒半岛（意思是“珀罗普斯的岛”），在希腊南部。珀罗普斯是坦塔罗斯（Tantalos）的儿子，他从小亚细亚迁移到这半岛上，他的势力很强大，因此这半岛便因他而得名。“多里斯（Doris）岛”意思是多里斯人的岛，多里斯人

是一支希腊民族，在特洛亚战争之后才迁移到希腊。俄狄浦斯的故事发生在特洛亚战争之前，诗人在此处提起多里斯，是犯了时间上的错误。

［52］ 这里提起的是橄榄树，橄榄树是雅典娜创造的，不是凡人培育的。

［53］ 雅典领土阿提卡的土壤和气候宜于种植橄榄树。斯巴达人入侵时，不曾毁坏这种树。

［54］ 橄榄是雅典的主要出产，其油可食，并可作运动后润皮肤之用。古雅典人生男孩悬橄榄枝于门上，生女孩则悬羊毛于门上，可见这果树与男孩特别有关系。

［55］ “保护圣橄榄的”，原文作“摩里俄斯”（Morios），意思是“分出来的”，指这些橄榄树是从雅典娜献出的橄榄树上分出来的。这原字作为宙斯的称号，则含有保护橄榄树之意。柏拉图学园里有一座祭祀“保护圣橄榄的宙斯”的祭坛，那里的橄榄林边还有一座供奉雅典娜的神龛。雅典法庭每月派视察员去视察这些橄榄树，每年还派特派员去视察，如有人毁坏这圣树，政府将没收那人的财产，甚至把他放逐出境。

［56］ 克洛诺斯是乌剌诺斯和该亚的儿子。

［57］ 涅瑞伊得斯（Nereides）是涅柔斯（Nereus）的五十个女儿（她们的脚合而为一百）。她们在海上歌舞，引导船只前进。

[58] 这句话在俄狄浦斯听来很刺耳，因为他生下来才三天，就被他的父母抛弃在荒山上。他是在科林斯长大的。

[59] 俄狄浦斯认为伊斯墨涅是在圣林里被克瑞翁的侍从拖走的，此事应由克瑞翁负责，等于他自己践踏了圣林，冒犯了报仇女神们，成为一个“不敬神的人”。

[60] 指俄狄浦斯的两个女儿。

[61] 俄狄浦斯现在违反克瑞翁的意思，同他斗气；他过去同过路人斗气，以致杀死了他的父亲。

[62] 指安提戈涅。

[63] 赫利俄斯（Helios）是许珀里翁（Hyperion）和忒亚（Thea）的儿子，为太阳神。

[64] 这时候克瑞翁正要把俄狄浦斯带走，情势又紧张起来，诗人因此又插进一节抒情歌。

[65] 抄本残缺。“宙斯知道”一语是本剧原校勘者哲布（R. C. Jebb）补订的。

[66] 阿瑞斯（Ares）是宙斯和赫拉（Hera）的儿子，为战神。阿瑞斯山在古雅典卫城西北，山上有刑事法庭，专门审判凶杀案。

[67] “护送”一词含有讽刺的意思，因为实际上是监视。

[68] 皮提俄斯（Pythios）是阿波罗的别称。这海滩附近有一座

阿波罗庙，名叫皮提翁（Pythion），这海滩大概是由这庙宇而得名的。

[69] “海湾”指厄琉西斯（Eleusis）海湾。阿提卡人每年9月举行火炬游行，从雅典城直达厄琉西斯，约有一半行程是沿着这海湾进行的。“女神们”指得墨忒耳和她的女儿珀耳塞福涅。欧摩尔波斯（Eumolpos）是海神波塞冬的儿子，为厄琉西斯教仪的创立者，他的子孙世袭祭司职位。所有入教的人不得泄露秘密，他们的嘴就等于被锁上了。

[70] 俄亚（Oia）是一个乡区的名称。

[71] “海神”指波塞冬。瑞亚是乌剌诺斯和该亚的女儿，为克洛诺斯的妻子。

[72] 指阿耳忒弥斯，她是女猎神。

[73] 俄狄浦斯一直认为在法律面前他是清白无罪的，但是这时候他觉得在神面前他是有污点的。

[74] 这人是波吕涅刻斯，他曾告诉科罗诺斯人，他和俄狄浦斯有血缘关系。他作阿耳戈斯装扮，因此科罗诺斯人认为他既不是忒拜人，则所谓血缘关系一定是指亲戚关系。“亲戚”一词把俄狄浦斯弄糊涂了。

[75] 这句话使俄狄浦斯回想起伊斯墨涅曾经告诉他，波吕涅刻斯逃到群山环绕的阿耳戈斯去了，因此他明白了那恳求者是谁。

[76] 意思是：波吕涅刻斯借波塞冬的名义来逼着俄狄浦斯答应。

[77] “来自中午的太阳的方向”指来自南方，因为中午时太阳偏南。据说里派（Rhipai）山在斯库提亚（Skythia），斯库提亚在希腊西北方。“来自幽暗的里派山”，意思是来自北方。

[78] “阿庇亚”（Apia）是伯罗奔尼撒的古名称，由阿耳戈斯国王阿庇斯（Apis）而得名，阿庇斯比珀罗普斯先到伯罗奔尼撒。

[79] 安菲阿剌俄斯（Amphiaraos）是阿耳戈斯的预言者，他借鸟的声音和状态来卜吉凶。他预知战事不利，拒绝了阿德剌斯托斯的请求，不肯出征。波吕涅刻斯便把哈耳摩尼亚的项圈送给安菲阿剌俄斯的妻子厄里费勒（Eriphyle，是阿德剌斯托斯的姐妹），怂恿她劝丈夫出征。安菲阿剌俄斯败退时，地面忽然裂开，把他连人带车吞没了，相传那地面是宙斯用霹雳击开的。

[80] 埃托利亚（Aitolia）在科林斯海湾西北边。俄纽斯（Oineus）是埃托利亚境内普琉戎（Pleuron）和卡吕冬（Kalydon）两城的国王。堤丢斯（Tydeus）在埃托利亚犯了杀人罪，他逃到阿耳戈斯，由阿德剌斯托斯为他举行了净罪礼，他并且得到了阿德剌斯托斯的女儿得皮勒（Deipyle）为妻。他在攻打忒拜时，被墨拉尼波斯（Melanippos）杀伤，但他终于把墨拉尼波斯杀死了。雅典娜带着药物来给他治伤。那时候，安菲阿剌俄斯把墨拉尼波斯的头砍下来给了他，

他把头盖破开，吃了脑髓，还吃了一点死者的肉。雅典娜看了很恶心，便抛弃了他，让他死去。

［81］ 厄忒俄克罗斯（Eteoklos）是伊菲斯（Iphis）的儿子。

［82］ 一说希波墨冬（Hippomedon）是阿里斯托马科斯（Aristomakhos）的儿子。塔拉俄斯（Talaos）是阿耳戈斯国王，为阿德剌斯托斯的父亲。

［83］ 卡帕纽斯（Kapaneus）是希波诺俄斯（Hipponoos）的儿子，他非常傲慢，甚至说天神都挡不住他。他爬上城墙要放火烧城，被宙斯的电火烧死了。

［84］ 阿耳卡狄亚（Arkadia）在伯罗奔尼撒中部。阿塔兰忒（Atalante）是宙斯和克吕墨涅（Klymene）的女儿。她还在襁褓时，就被她名义上的父亲斯科纽斯（Skhoneus）抛弃了。她在山上由一只母熊哺养。她想学阿耳忒弥斯永远做处女，但是终于嫁给了墨拉尼翁（Melanion），生下了帕忒诺派俄斯（Parthenopaios，意思是“处女之子”）。

［85］ 指狄耳刻（Dirke）水泉，在忒拜西郊。

［86］ 指忒修斯，他曾在第二场末尾下场后，派人送口信给波吕涅刻斯，叫他来见俄狄浦斯。

［87］ 大概指俄狄浦斯在第一场中间部分发出的诅咒。但波吕涅

刻斯并不知道那个诅咒，他可能想到那旧日的诅咒。据说俄狄浦斯发现自己是杀人犯以后，仍然住在宫中，凡是他使用过的器皿都得毁掉，因为古代人相信，杀人犯用过的东西都是有污染的。他的儿子们因此不让他使用金银器皿，另换铁器皿给他使用。他后来在疯狂中诅咒他们日后会用“铁”（指兵器）来瓜分产业，双方都得到同样大一块土地来作坟墓。

[88] 诅咒之神是司报复和毁灭的神，她们会为俄狄浦斯报复他所受的虐待，把他的两个儿子毁灭的。

[89] 但是这两个儿子快要死了，他们已经来不及孝敬父母了。索福克勒斯剧中很多这类的嘲讽语。雅典法律剥夺不奉养父母的人的公民权。

[90] “座位”指海神波塞冬祭坛前的座位，暗指波吕涅刻斯的恳求。“王位”指波吕涅刻斯所梦想的王位。波吕涅刻斯提出了两种理由：第一，他是波塞冬的恳求者，他并且提醒他父亲，怜悯之神既然同宙斯坐在一起，他父亲就得怜悯他，帮他一手；第二，他是长子，应继承王位。俄狄浦斯却说，正义之神也同宙斯坐在一起，波吕涅刻斯既然不孝敬父亲，正义之神便会惩罚他。正义之神是宙斯和忒弥斯（Themis）的女儿。

[91] 塔耳塔洛斯（Tartaros）本义是地坑（它和冥土的距离

相当于天和地的距离），此处借指冥土。“黑暗”原文作“厄瑞玻斯”（Erebos）。希腊神话说，宇宙的形成先有混沌，混沌生黑暗和夜，黑暗和夜生光和白日，甚至报仇女神们等也是黑暗的女儿，所以俄狄浦斯称呼黑暗为父亲。

［92］指报仇女神们。

［93］在索福克勒斯的悲剧《安提戈涅》里，安提戈涅把干沙撒在波吕涅刻斯的尸首上，并且给死者奠下三次加蜜的酒水。

［94］这雷声是俄狄浦斯死前的信号。

［95］俄狄浦斯去世的地点，在下面第1590行以下一段里说得很明白。诗人在此处偶尔疏忽，让俄狄浦斯吩咐国王，不要把他去世的地点告诉外人。实际上，应该保守秘密的是坟墓所在地，而不是俄狄浦斯去世的地点。

［96］“龙的后人”，原文作“由龙牙种在地里而化生的人”。当初卡德摩斯修建忒拜城时，曾经叫人去汲井水来献祭，井旁有一条龙把那些汲水的人杀死了。卡德摩斯把龙刺死后，把龙牙种在地里，那些牙齿化成了一群武士，他们彼此残杀，到后来只剩下五个人，那五个人便是忒拜人的祖先。忒拜人因此被称为“由龙牙种在地里而化生的人”。

［97］俄狄浦斯曾经在第一场尾上警告忒修斯，说忒拜人会利用小小的口实破坏和平；他现在又对忒修斯发出警告，说忒拜人日后会

来攻打雅典；但是，如果他自己的尸首埋在这里，就可以保证雅典的安全。

[98] 由于神的惩罚来得缓慢，所以许多城邦胆大妄为，动辄侮辱它们的邻邦。

[99] 赫耳墨斯（Hermes）是宙斯和迈亚（Maia）的儿子，为众神的使者，并且是行人和鬼魂的护送者。“冥土的女神”指冥后珀耳塞福涅。

[100] “冥府”原文作“哈得斯”（Hades），哈得斯是冥王，此处借指“冥府”。

[101] 指冥后。

[102] “冥王”原文作“阿伊多纽斯”（Aidoneus），为冥王的别号，由他的本名哈得斯转化而来的。

[103] “斯提克斯”（Styx），意思是“可恨的河”，传说这条河每天绕着冥土流七圈。

[104] 指三位报仇女神。

[105] “凶猛的走兽”指冥土的三头狗刻耳柏洛斯（Kerberos），它的窝在斯提克斯河边。

[106] 地神是混沌的女儿。塔耳塔洛斯是大气和地神的儿子。“地神和塔耳塔洛斯的儿子”指死神塔那托斯（Thanatos）。

[107] 珀里托俄斯（Perithoos）是拉庇泰（Lapithai）人的国王，忒修斯曾和他订立盟约，同赴冥土去掳获冥后珀耳塞福涅，哪知他们两人反而被冥王拘禁起来。后来，赫剌克勒斯到冥土去牵刻耳柏洛斯，才乘机把忒修斯救了出来；珀里托俄斯却死在那里。传说忒修斯曾在那洞口的石头上凿了一个杯形坑，把盟约刻在坑里。

[108] 托里科斯（Thorikos）是一个乡区的名字。传说珀耳塞福涅是在这野梨树下被冥王劫走的。俄狄浦斯这时候站在这石坑、石头、梨树和坟墓之间。

[109] 得墨忒耳是克洛诺斯和瑞亚的女儿，为宙斯的姐姐，她特别保护农作物。厄琉西斯的国王特里普托勒摩斯（Triptolemos）从她那里学会了播种，使用犁头。这里提起的山冈在科罗诺斯北边。

[110] 按照丧礼应先用清洁的水洗尸首，然后装扮，寿衣是白色的。俄狄浦斯自知死后没有人能为他净洗，因此先叫他的女儿们给他沐浴，穿寿衣。

[111] “地下的宙斯”指冥王哈得斯。

[112] 奥林匹斯（Olympos）山在希腊北部，相传是众神的住处。

[113] 指赫耳墨斯。

[114] 安提戈涅并不知道报信人已经把经过情形报告过了，她以

为还得由她来述说。

［115］ 安提戈涅的意思是说，她父亲这样死去，她无法尽埋葬和祭奠一类的礼仪，因为她不在场。

［116］ 这后面还有两行诗，无疑是伪作。“伊斯墨涅是的，是的。歌队我也同意。”

［117］ 意思是：地下神祇让俄狄浦斯得到了他所想望的归宿，并且使他的坟墓能保证雅典人的安全，神们既然安排得这样好，她们姐妹就应当表示感谢，不宜再有所哀怨，免得激起众神的愤怒。

［118］ 这后面还有“去到那里”一语，无疑是伪作。

［119］ “天神”指“退场”开头部分提起的呼唤俄狄浦斯的神。监誓神是争吵之神厄里斯（Eris）的儿子。争吵引起战争，战后往往缔结盟约，故说监誓神是争吵之神的儿子。在监誓神出生的时候，报仇女神们出现在他的身旁；她们帮助他惩罚背弃盟誓的人。

［120］ “古老的”原文作“俄古戈斯”（Ogygos）。一说俄古戈斯才是忒拜城最古的国王，因此这都城又叫作俄古癸亚（Ogygia）。

附录　1983年版《索福克勒斯悲剧两种》材料

译后记[1]

《俄狄浦斯在科罗诺斯》这出剧曾经被一些评论家认为太艰深，不好评论，但最近被一些人评为索福克勒斯最杰出的悲剧，这是很有道理的。

这是索福克勒斯晚年的作品。据说在这剧的写作过程中，诗人的儿子伊俄丰在族盟法庭上控告他父亲神经失常，要把家产传给他的庶出的儿子的儿子，诗人因此在法庭上朗读本剧中的第一合唱歌，然后说，他能写出这样的诗，可见他的神经并没有失常。结果，他被宣判无罪，由陪审员们护送回家。这个故事不一定可靠，但足以证明在古代人们对这出剧评价很高。亚里士多德曾经在他的《修辞学》第三卷第十五章说:“索福克勒斯说，他之所以发抖，并不像原告

（按：指伊俄丰）所说的那样，是由于想装老，而是出于不得已，无奈他是一个八十岁的老人。”索福克勒斯生于公元前 496 年，他于公元前 416 年满八十岁。这样算来，这剧的写作年代是公元前 416 年左右，但一般都认为是公元前 411 年。据说这剧是诗人死后由他的孙子于公元前 401 年拿出上演的。

这剧表现雅典人的英雄主义和爱国思想。主人公俄狄浦斯由一个漂泊的人成为一个英雄。诗人对于他的故乡科罗诺斯和雅典以及雅典的国王忒修斯予以最崇高的称赞。约在内战中期，雅典骑兵曾经在距科罗诺斯不远的阿卡奈乡同忒拜人发生遭遇战，获得一个小小的胜利，传说这个胜利是在埋葬在科罗诺斯的俄狄浦斯的佑助之下获得的。[2] 这个传说可能激励诗人编写这个剧本。雅典和忒拜是世仇，内战期间，忒拜站在斯巴达那边，使雅典人吃了不少苦头。剧中曾经影射内战，第 619、620 行说：“总有一天，他们（按：指忒拜人）会利用一个小小的口实，大动干戈，破坏今日所保证的和睦。”第 703 行说，雅典的橄榄树“为敌人的戈矛所畏惧”。实际上当日雅典的橄榄树已经被忒拜人烧毁了。第 1533 行说，（忒修斯）住在这个城邦里可以“不受龙的后人

（按：指忒拜人）侵袭”。实际上当日雅典的领土已经被忒拜人蹂躏，一切可以移动的东西已经被他们抢走。当日雅典国库已经空虚，神像上面的黄金已经取下来作为军费，领袖无能，人民挨饿。这一切都没有在本剧中得到反映。诗人所描写的是英雄时代的雅典，是理想化了的强大城邦。他是想发扬雅典昔日的光荣，以消除当日雅典人悲观失望的心情。

本剧中有关俄狄浦斯的传说，只有他的颠沛流离和神秘死亡，不足以构成一出悲剧。这剧中间部分的情节都是诗人增添的。许多评论家认为这剧的结构是穿插式的，意即各场之间没有什么联系。这个看法不公允。伊斯墨涅是突然来到，她报告她的两个哥哥正在争夺王位。她并且带来一个神示，说俄狄浦斯能保证忒拜的安全。这就为克瑞翁的上场埋下了伏笔。俄狄浦斯曾经要求见忒修斯，以便把自己能为雅典人造福的详情告诉他。这就为忒修斯的上场做了准备。忒修斯前来迎接俄狄浦斯，答应保障他的安全。此后是克瑞翁上场，他是代表忒拜国王厄忒俄克勒斯前来把俄狄浦斯弄回去。他同俄狄浦斯起了冲突。忒修斯前来援助俄狄浦斯，并且把他的两个被克瑞翁抢走的女儿救了回来。忒修斯提起有人要见俄狄浦斯，这就是俄狄浦斯的大儿子波吕涅刻斯。克瑞翁为厄忒俄克俄斯争取俄狄浦斯的帮助，必然会引起波吕涅刻斯也前来争取俄狄浦斯的帮助，所以波吕涅刻斯的上场也是很自然的事。波吕涅刻斯的恳求失败之后，戏剧冲突到此结束。以下是俄狄浦斯成为英雄的经过。从上面的分析中可以看出，本剧的情节丰富多彩，循序发展，前后呼应，井井有条。这剧的布局虽然不及《俄狄浦斯王》那样紧凑，但仍然是比较好的。

这剧的优点在于性格描写。剧中人物都各有性格，栩栩如生，尤其是年老的俄狄浦斯被诗人刻画得极细致、生动，很能感动人。俄狄浦斯初出场时，是一个受尽折磨的苦命人，靠施舍为生，谦卑、懦怯、谨慎、身心疲惫，一点力量也没有。他进入圣林后，才明白这是他的归宿地，他将在这里居留，能为居停主人造福。这剧的歌队由科罗诺斯当地的长老们组成，当他们知道他就是俄狄浦斯时，他们要把他赶走。俄狄浦斯因此述说他是出于报复才杀死他父亲的，况且他的父母曾经有意毁灭他，所以他不是一个坏人。歌队听了，对俄狄浦斯的态度有了改变。伊斯墨涅带来的神示，使俄狄浦斯成为一个能左右一切的神奇的人物。当俄狄浦斯想起他的儿子们一心争夺王位，并不想把他召回国时，他就发怒，诅咒他们不得好死。他然后向歌队表白他没有犯罪，因为城邦是把王后（即他的母亲）作为一件礼物赠送给他的，还因为他所杀死的是要他的性命的人，所以在法律面前，他是清白无罪的。忒修斯前来迎接他，使他得到安慰。俄狄浦斯知道克瑞翁是来带他回去的，却又不是带他回家，而是要把他安顿在忒拜的边界上，他因此发怒，同克瑞翁争吵起来。他在争吵中再次辩白他的过失是出于无心。他的两个女儿被克瑞翁抢走了，使他感到伤心。忒修斯前去同克瑞翁的兵士打了一仗，把他们姐妹救回来，这是对俄狄浦斯的莫大安慰。波吕涅刻斯前来恳求他父亲帮助他战胜他的弟弟厄忒俄克勒斯。俄狄浦斯认为他自己是被波吕涅刻斯赶出忒拜的，因此大发雷霆，再次诅咒波吕涅刻斯和他的弟弟会自相残杀而死。在最后一景里，这瞎眼老人有了神秘的力量，他反而给大家带路，去到他临终的地点。他终于受到神的召唤，成为一个英雄。诗人的用心是要替俄狄浦斯辩白，因为在一般雅典人看来，俄狄浦斯是有污染、有罪的。俄狄浦斯的性格依然和他瞎眼之前一样，暴躁、易怒、倔强，富于正义感，而且有点凶狠。这是索福克勒斯创造的最成功的人物之一。罗马的塞涅卡、法国的高乃依、英国的德莱顿等人都写过以俄狄浦斯的故事为题材的悲剧，他们大都失败了，主要原因是由于未能掌握俄狄浦斯的性格。

这剧中的克瑞翁和《俄狄浦斯王》剧中的克瑞翁前后判若两人。这个克瑞翁卑鄙狡诈，能言善辩。他初来时装得很谦和，恳求不成功，他就对俄狄浦斯粗暴无礼，出言威胁，进而使用暴力。他临走时还威胁忒修斯，要对雅典宣战。克瑞翁是索福克勒斯创造的最大的恶棍，他的卑鄙恶劣，反衬出忒修斯的光明正大，他的渺小，也反衬出俄狄浦斯的伟大。克瑞翁的形象影射当日傲慢、残忍的僭主。

忒修斯是一个高尚、慷慨、敢于主持公道的人，有民主精神。他认为俄狄浦斯只是一个不幸的人，并没有污染，因此他敢于接待他。

波吕涅刻斯的忏悔是真诚的。他的性格倔强、坚定，如果命该如此，他就准备一死。他身为兄长，却被弟弟夺去了王位。索福克勒斯故意把他们兄弟的长幼关系颠倒过来，使波吕涅刻斯有一点理由出兵攻打忒拜。总的说来，诗人对波吕涅刻斯是寄予一定同情的。

安提戈涅和伊斯墨涅的性格也是一个对照，前者真心侍候父亲，后者有些装模作样。

诗人到了老年，笔力始终不衰。剧中的诗写得很美而又有力量。第一合唱歌是古希腊少有的描写自然风光的杰作。那首描写老年的第三合唱歌也是有名的抒情诗。唯一的缺点是剧中的合唱歌和剧情接合得不够紧凑，未能把前后的情节连接起来。

1982 年 2 月

注　释

［1］ 此篇译后记分为三部分，现将与《俄狄浦斯在科罗诺斯》相关的部分附在这里，而与《特剌喀斯少女》相关的两部分附于该戏之后。——编者注

［2］ 参看本剧第 409、411 两行伊斯墨涅所说的话，和第 616 行以下俄狄浦斯所说的一段话。

文
景

Horizon

社科新知 文艺新潮

索福克勒斯悲剧集(全五册)

[古希腊]索福克勒斯 著

罗念生 译

出 品 人:姚映然

责任编辑:薛宇杰 朱悠然

营销编辑:胡珍珍

封扉设计:山川制本

美术编辑:安克晨

出 品:北京世纪文景文化传播有限责任公司

(北京朝阳区东土城路8号林达大厦A座4A 100013)

出版发行:上海人民出版社

印 刷:山东临沂新华印刷物流集团有限责任公司

制 版:北京大观世纪文化传媒有限公司

开 本:850mm×1168mm 1/32

印 张:18 字 数:257,000 插 页:37

2020年5月第1版 2020年5月第1次印刷

定 价:168.00元

ISBN:978-7-208-16112-2/I·1853

图书在版编目(CIP)数据

索福克勒斯悲剧集/(古希腊)索福克勒斯著;罗念生译. —上海:上海人民出版社,2020

ISBN 978-7-208-16112-2

Ⅰ.①索… Ⅱ.①索… ②罗… Ⅲ.①悲剧-剧本-作品集-古希腊 Ⅳ.①I545.32

中国版本图书馆CIP数据核字(2019)第219331号